Die neuen Räuber

Rüdiger Schneider

Die neuen Räuber

Kriminalnovelle

nach einer Idee von Friedrich Schiller

Bibliografische Information der Deutschen Nationalbibliothek: Die Deutsche National- bibliothek verzeichnet diese Publikation in der Deutschen Nationalbibliografie; detaillierte biblio- grafische Daten sind im Internet über http://dnb.d-nb.de abrufbar.

Herstellung und Verlag: BoD - Books on Demand, Norderstedt

ISBN: 978-3-83704-0234

Vorwort

Wen hat man früher als Schüler nicht mit Schillers ‚Räubern' gequält? Man kam nur mit verschiedenen Lexika durch den Text. Und dann die Sprache! Empathisch, aufgewühlt, übertrieben, typisch ‚Sturm und Drang', gegen Ende des 18. Jahrhunderts. Und Amalia, Karls Freundin, war sie nicht verrückt? Wie kann man verlangen, sich mit dem Schwert abstechen zu lassen! „Zeuch dein Schwert und ich bin glücklich!" Und schließlich Karl selbst. Warum muss er unter die Räuber gehen? Die Räuber sind anderswo. So reizte also der Stoff zu einer gänzlich freien Bearbeitung. Aber irgendwie hatte Schiller mit seiner Empörung auch Recht. Indes musste aus dem Grafen Maximilian Moor der Bankier Maximilian Moor werden. Und den intriganten Franz habe ich gleich um einen etwas beschränkten, aber nicht minder schlimmen Zwillingsbruder verdoppelt. Und natürlich verdient das Bankhaus Moor nicht an Sparbüchern von Kleinkunden, sondern ist in die finanzielle Abwicklung von Waffenexporten verstrickt. Panama-Papers und Tod bringende deutsche Waffenlieferungen lassen Karl Moor von einem ‚verrotteten Saeculum' sprechen.

1

Geht man gegenüber dem Städtchen Königswinter am Rhein spazieren - man wandelt also linksrheinisch bei Mehlem - so fallen einem an der Promenade prachtvolle, mehrstöckige Villen auf. Große Grundstücke gehören dazu. Sie alle sind umzäunt, mit Kameras ausgestattet, so dass sich niemand unbemerkt einstellen kann. Es sind Residenzen, die sich der in der Regel knapp gehaltene deutsche Bürger niemals leisten könnte. Der Blick auf Rhein und Drachenfels ist romantisch. Man sieht die Schiffe vorüber gleiten, frühstückt auf der Terrasse, wenn die Sonne über dem Siebengebirge aufgegangen ist, sitzt abends bei edlen Weinen oder einem exquisiten schottischen Whisky beisammen, genießt das Leben an Deutschlands schönstem Strom. Das geschieht diskret, ohne Lärm, Aufhebens, ja geradezu verschämt inkognito. Man will nicht unbedingt durch Reichtum auffallen. So fehlen oft auch am Toreingang zu den weitläufigen Grundstücken die Namensschilder. Sie sind überflüssig. Der Postbote weiß Bescheid. Freunde und Geschäftspartner ebenso.

Eine dieser Villen mit dem sie umgebenden Park gehört dem Bankhaus Moor. Das Anwesen erstreckt sich zwischen der Nibelungenstraße, von wo aus man mit dem Wagen Zufahrt hat, und der Rheinpromenade. Maximilian Moor hatte die Privatbank 1960 gegründet, als Bonn noch Regierungshauptstadt war und sich zahlreiche Botschaften in der Umgebung, vor allem in Bad

Godesberg, befanden. Durch geschickte Spekulationen war es ihm gelungen, das Kapital seiner zunächst nur wenigen Kunden zu vermehren. Das sprach sich in den Diplomatenkreisen herum, die Reputation des Hauses wuchs, bis schließlich zahlreiche Staaten, inklusive Albaniens und einiger afrikanischer Staaten, ihm nicht unerhebliche Summen anvertrauten. Endlich ließen sich auch Staatssekretäre des deutschen Wirtschafts- und Außenministeriums bei Moor sehen, um über sein Bankhaus diskrete Geschäfte abzuwickeln, von denen beim Volk bekannte Banken nichts wissen sollten. Maximilian Moor genoss bald, ohne dass es je ausgesprochen oder dokumentiert worden wäre, den Status diplomatischer Immunität. Kein Finanzamt behelligte ihn mit Nachfragen oder Untersuchungen. Unbesorgt konnte Moor die Summen seiner Klienten in Liechtenstein, der Schweiz und in Luxemburg parken. Später verlegte er sich, wie er es selbst ausdrückte, auf stabile demokratische Diktaturen. Er selbst liebte das bescheidene, unauffällige Leben, tauchte selten in der Öffentlichkeit auf, zeigte keinen Prunk, mied die Presse. Hätte ihm ein Fernsehsender angeboten, eine Serie zu drehen ‚Die Moors', hätte er entschieden abgelehnt. Dabei hätte es viel Unterhaltsames zu berichten gegeben. Weniger über ihn selbst als vielmehr über seine Söhne. Kummer bereitete ihm vor allem Karl, der älteste. Eigentlich war er sein Lieblingssohn und sollte sein Nachfolger werden. Aber es sah nicht danach aus. Verdächtig lange zog Karl sein Studium in Leipzig in die Länge, besuchte den Vater immer seltener, rief noch seltener an und schien nicht das geringste Interesse an dem lukrativen Job zu haben. Anders waren dagegen seine jüngeren Brüder, das Zwillingspärchen Franz und Fritz. Die saßen in den Startlöchern, warteten auf das Ableben des Alten, um erben und die Bankgeschäfte ohne den Vater nach ihrem eigenen Geschmack und Willen weiter führen zu können. Sie feierten in der Villa, was dem alten Moor ein Gräuel war, Partys, verteilten großzügig Geschenke, kleideten sich nach der neuesten Mode, teilten sich einen bescheidenen Fuhrpark, der aus einem roten Ferrari, einem dunkelgrünen Landrover und einem silberfarbenen Mercedes Kompressor bestand. Den Landrover benutzten sie, wenn es zur Jagd in die Eifel ging. Dort besaß Maximilian Moor in der Nähe von Eichenbach einen mehrere Hektar großen Wald mit Jagdhütte und verschiedenen Hochsitzen. Die Zwillinge liebten das Ballern, hielten sich nicht unbedingt an Schonzeiten. Hin und wieder kam es vor, dass ihnen auch im April eine Bache vor die Flinte kam.

Der Vater, der schon in die Jahre gekommen war, fand nicht mehr die Kraft, dem Treiben seiner nachgeborenen Söhne Einhalt zu gebieten, schien resigniert zu haben. Es fehlte auch die hütende Hand der Mutter. Diese hatte die Geburt der beiden Knaben, 25 Jahre war das jetzt her, nicht überlebt. Auf das Wagnis einer zweiten Ehe hatte der alte Moor sich nicht mehr eingelassen. Den Verlust seiner Frau schien er insgeheim den Zwillingen anzulasten, vielleicht aber auch dem Arzt, der sie mit einer Zange aus dem Mutterleib befreit hatte. Dieser Akt hatte den Beiden einen etwas schiefen Gesichtszug beigefügt. Der Schädel wies eine unsymmetrische Dellung auf, die, wie es der Zufall wollte, auf der gleichen Seite saß. Der Alte, der ja nicht unschuldig an der Existenz der Zwillinge war, sah ihnen deshalb manche Eskapade, die sie wohl zur Kompensation brauchten, entschuldigend nach. Er hatte ihnen sogar eine kleine eigene Kreditabteilung eingerichtet, hütete sich jedoch, ihnen Zutritt zum eigentlichen Bankgeschäft zu gewähren. Dies sollte seinem Lieblingssohn Karl vorbehalten bleiben. Die Zwillinge hatten ihren eigenen Büroraum. Das Büro des Vaters durften sie nicht betreten. Hielt Maximilian Moor sich nicht in seinem Geschäftsraum auf, so war die Tür sorgfältig verschlossen, der Eingang auch von einer Kamera bewacht, die alles aufzeichnete. Neben diesem Geschäftsraum gab es noch ein Konferenzzimmer, zu dem den Zwillingen ebenfalls der Zugang versagt war.

Hiermit seien die Verhältnisse im Moorschen Haus zur ersten Einsicht kurz skizziert. Die eigentliche Geschichte aber beginnt, als an einem Märztag, einem Sonntagmorgen im Jahr 2016, eine schwarze Mercedeslimousine vorfuhr, der, was leicht zu erkennen war, ein arabischer Scheich entstieg. Nur ein paar Minuten später folgte ein zweiter Wagen.

2

Franz Moor hatte von seinem Fenster aus die Ankunft der beiden Limousinen beobachtet. Er sah, wie sich das Tor zum Park aufschob, der erste Wagen über den Kiesweg zur Villa fuhr, ein paar

Meter vor dem Eingang hielt. Ein livrierter Chauffeur stieg aus, ging zum Fond der Limousine, öffnete die Tür. Woher der Scheich kam, der nun den Wagen verließ, konnte Franz an seiner Kleidung nicht erkennen. Vielleicht aus einem der Emirate, aus Saudi Arabien oder Katar. Er trug ein langes, weißes Gewand, eine Kopfbedeckung, die durch einen schwarzen Reifen gehalten wurde. Der Araber ging mit bedächtigen Schritten auf die Eingangstür der Villa zu, vor der Daniel, der Butler des Hauses, wartete und den Gast mit einer tiefen Verbeugung begrüßte. Nur ein paar Minuten später fuhr der zweite Wagen vor. Wieder stieg zuerst ein Chauffeur aus und öffnete die Tür des Fonds. Den Herrn im dunkelgrauen Zwirn, der sich mit einem kurzen Kopfnicken aus dem Fond des Wagens hob, kannte Franz. Er hatte ihn vor einer Woche in der Tagesschau gesehen, als er ein Interview zur Kontrolle von Waffenlieferungen gegeben hatte. Es war Friedrich Frontzek, Staatssekretär im Wirtschaftsministerium.

Franz ärgerte sich. Wieder mal hatte der Alte nichts erzählt. Es mussten bedeutende Verhandlungen anstehen. Wahrscheinlich ging es um Millionen oder sogar Milliarden. Vielleicht brauchte der Araber neue Gewehre, Panzer oder Flugzeuge.

Franz sah auf die Uhr. Es war ein paar Minuten nach Zehn. Sein Zwillingsbruder Fritz würde noch im Bett liegen, den Rausch vom Samstagabend ausschlafen. Darauf konnte er jetzt keine Rücksicht nehmen. Er musste ihn wecken. Sie mussten handeln. Allzu lange hatten sie schon verschiedene

Pläne aufgeschoben. Franz Moor eilte die Treppe zum ersten Stock der Villa hoch. Das Zimmer, vielmehr die Suite seines Bruders, lag zur Rheinseite hin. Ohne anzuklopfen betrat er den Raum. Fritz lag angezogen auf dem Sofa, schnarchte. Franz begab sich zur Küchenzeile, öffnete eine Schranktür, nahm ein Päckchen Aspirin heraus, schälte zwei Tabletten aus der Folie, löste sie in einem Glas mit Wasser auf. Dann trat er mit dem Glas an das Sofa, rüttelte Fritz an der Schulter. „Steh auf, du Schnarchnase! Wir haben etwas zu besprechen."

Fritz murmelte irgend etwas, rieb sich die Augen, blinzelte, richtete sich langsam auf. Franz reichte ihm das Glas mit den beiden Aspirin. „Hier, trink erst mal, damit du wieder zu Verstand kommst, falls du überhaupt einen hast." Fritz nahm das Glas, trank es in einem Zug leer, stellte es auf den Boden. „Was gibt's denn?" fragte er.

„Der Alte hat Besuch. Ein Araber und ein Staatssekretär. Da läuft was."

„Na und?" Fritz ließ sich wieder auf das Sofa fallen, schloss die Augen.

„Idiot! Kapierst du denn nichts? Wir müssen unseren Vater endlich dazu bringen, dass er Karl enterbt. Ich habe keine Lust, meinen Ferrari gegen ein Fahrrad zu tauschen. Die Bank soll uns gehören, nicht ihm. Wir haben keine Zeit mehr zu verlieren. Steh endlich auf!"

Franz packte seinen Bruder am Hemdkragen, zog ihn hoch, zerrte ihn zur Sofakante.

„Ich mache mir erst mal einen Kaffee", knurrte Fritz. „Dann können wir meinetwegen quatschen."

„Dir ist offensichtlich nicht klar, worum es geht", meinte Franz, während sein Zwillingsbruder aufstand, zur Küchenzeile ging und die Espressomaschine anwarf.

„Doch, doch! Du willst die Bank übernehmen und Karl ausschalten. Mich wahrscheinlich auch."

„Quatsch! Dich doch nicht. Aber dir ist es wohl egal, dass der Alte uns keine Einsicht gibt in die wirklich großen Geschäfte des Hauses. Er achtet peinlich darauf, dass sein Büro abgeschlossen ist, wenn er nicht selber drin hockt. Sollen wir ewig damit zufrieden sein, die Kredite für die kleinen Leute zu verwalten? 3000 Euro, 5000, 8000, vielleicht höchstens mal 12 000. Dann immer darauf achten, ob die Raten pünktlich eingehen. Mahnschreiben abschicken, Schufa einholen, Verdienstbescheinigungen überprüfen, Lebensversicherungen abschließen und so weiter und so weiter. Das ist doch auf die Dauer ätzend. Wir haben nur eine einzige Bankverbindung, die Privatbank in Essen. Sonst nichts. Während der Alte mit der ganzen Welt verknüpft ist. Sind wir mit seinem Computer vernetzt? Nein. Zwischen unserem Büro und seinem gibt es keine Verbindung."

„Ist doch gut so", entgegnete Fritz. „Er lässt uns freie Hand."

„Ja. Bei den kleinen Geschäften, die ihn nicht interessieren. Der hat uns eine Spielbank eingerichtet. Wenn Karl übernimmt, wird das anders aussehen. Möchtest du, dass herauskommt, dass wir uns auch selber Kredite geben? Unter Namen, die es gar nicht gibt."

„Natürlich nicht."

12

„Na also! Dann denk doch mal ein bisschen nach!"

Fritz schwieg eine Weile, während die Maschine einen Espresso ausspuckte. Er kippte einen Löffel Zucker in die kleine Tasse, rührte, nahm einen ersten Schluck. „Wie wär's denn, wenn wir den Alten entmündigen lassen? Der wird ja sowieso von Tag zu Tag seniler. Wenn er vom Stuhl aufsteht, stöhnt er und reibt sich die Gelenke. Beim Frühstück hält er die Zeitung wegen dem grauen Star dicht vor die Augen."

Franz schlug sich mit der Hand vor die Stirn. „Entmündigen! Was für ein Blödsinn! Dann übernimmt sofort Karl alle Geschäfte. Außerdem steht der Alte unter Staatsschutz. Den kannst du nicht so einfach entmündigen."

„Möchte mal gerne wissen, warum er an Karl so einen Narren gefressen hat und nicht an uns", knurrte Fritz.

„Ja, Bruderherz. Mach dir da mal Gedanken drüber. Wie alt ist der Vater jetzt?"

„78."

„Quatsch. 81. Wie alt war er bei unserer Geburt?"

Fritz rechnete nach. „56."

„Und unsere Mutter?"

„Weiß ich nicht genau."

„Ich aber. 32, mein Lieber. Wir haben sie ja nicht kennen gelernt. Ich habe aber im Album Fotos gesehen. Eine schöne, lebenslustige Frau."

„Was willst du damit sagen?"

„Dass der Vater gar nicht unser Vater sein muss. Deshalb behandelt er uns wie Kuckuckskinder."

Fritz setzte die Tasse ab, legte die Stirn in Falten. „Meinst du? Wir können ja eine DNA-Analyse machen lassen."

„Unsinn! Mir ist doch egal, wer unser Vater ist und wer nicht. Wir müssen die Bank übernehmen."

„Indem wir den Alten dazu bringen, Karl zu enterben?"

„Sehr schön nachgedacht, Brüderchen. Du wirst langsam wach."

„Und wie? Wie sollen wir das anstellen?"

„Du erinnerst dich an unser Jahrgangstreffen? Abiturientia 2010. Das war vor sechs Monaten."

„Ja. Was ist damit?"

„Du erinnerst dich an Markus? Markus Mühlenbeck?"

„Ja. Auch. Warum?"

„Ich habe etwas mehr über ihn erfahren. Der ist nach dem Abitur in den Polizeidienst gegangen, dann wegen irgendeiner Geschichte rausgeflogen. Jetzt wurschtelt er als Privatdetektiv in Bonn herum. Einen reichen Eindruck hat er nicht gemacht."

„Stimmt. Aber was hast du mit ihm vor?"

„Wir setzen ihn auf Karl an. Wir müssen mehr über unseren Bruder wissen. Vielleicht finden wir ein paar Schwachstellen. Und wenn nicht, wird Mühlenbeck ihm etwas anhängen."

„Wenn er nicht darauf eingeht?"

„Er wird reichlich entlohnt werden."

„Hmm."

„Und noch etwas", fuhr Franz fort. „Dir gefällt doch auch Karls Freundin, die Amelie."

14

„Ja. Süße Schnecke. Warum?"

„Die übernehmen wir gleich mit."

„Wir? Du. Dir gefällt sie doch auch."

„Wir teilen sie uns."

„Wie das denn?"

„Hast du nicht gemerkt, dass sie uns nicht auseinander halten kann? Als Karl mit ihr am Heiligen Abend zu Besuch war, hat sie andauernd unsere Namen verwechselt. Sie hat den Karl immer heimlich gefragt ‚Wer ist wer?'"

„Teilen? Eine Frau teilen?"

„Warum nicht? Dann müssen wir uns nicht jeden Tag und jede Nacht mit einem Weib rumschlagen. Halbe Last, doppelte Lust!"

„Ob die einen von uns überhaupt will?"

„Klar! Geld macht sexy. Und wenn der Karl erst mal hinter Gittern sitzt, will sie von ihm nichts mehr wissen."

3

Karl Moor ahnte nichts von der Intrige der Zwillinge. Er mochte die beiden lustigen Vögel und trug ihnen nicht nach, dass sie zum Kummer des Vaters nichts von preußischer Disziplin hielten, sondern lieber einem lockeren Lebenswandel anhingen. „Wer im Glashaus sitzt", sagte er sich, „sollte nicht mit Steinen werfen." Dazu hatte er allen Grund. Denn anders als der Vater glaubte, studierte er in Leipzig nicht Betriebswirtschaftslehre, sondern hatte sich vor einem halben Jahr für einen anderen Lauf der Dinge entschieden. Die monatlichen Überweisungen, die ihm einen gewissen Lebensstandard sicherten, akzeptierte er allerdings und hoffte, bald auf eigenen Füßen stehen zu können. Er war froh, dass zwischen Bonn-Mehlem und Leipzig ein paar Kilometer lagen. So musste er nicht allzu oft zu Hause auftauchen und sich nach dem Stand des Studiums befragen lassen. Im Südwesten Leipzigs, in der Buttergasse, bewohnte er eine bescheiden eingerichtete Dachwohnung. Was die Mobilität betraf, versuchte er erst gar nicht mit den Zwillingen mitzuhalten. Statt eines Ferrari unterhielt er einen Fiat 500 und war zufrieden damit. Und anders als die Zwillinge, die es nur zu kurzen Affären brachten, hatte Karl seit vier Jahren ein und dieselbe Freundin und wollte das auch nicht ändern. Es war eine Woche vor Ostern, als sie abends bei ihm anrief.

„Fahren wir über die Ostertage nach Bonn?" fragte sie. Statt Mehlem sprach sie immer von Bonn.

„Nein, du weißt warum. Ich habe keine Lust, mich ausfragen zu lassen. Weihnachten reicht erst mal."

„Wann sehen wir uns? Heute Abend geht allerdings nicht. Ich muss noch eine Klausur vorbereiten."

„Morgen? Hast du morgen früh Zeit? Ich habe eine kleine Überraschung, möchte dich gerne zum Frühstück einladen. Nicht bei mir, sondern in der alten Fabrik, im Bistro."

„Hmm. Ich müsste eigentlich lernen. Was ist es denn für eine Überraschung?"

„Verrate ich nur an Ort und Stelle. Du musst es sehen."

16

„Spann mich nicht auf die Folter. Sag, was es ist!"

„Du musst es sehen."

„Du und deine Geheimniskrämerei. Gib mir wenigstens einen Tipp!"

Karl lachte. „Es ist ein kleiner roter Punkt."

„Und wo ist dieser kleine rote Punkt? Auf deiner Stirn, weil du zum Hinduismus übergetreten bist?"

„Nein. In Halle 14."

„Jetzt bin ich genauso schlau wie vorher. Aber gut. Um wieviel Uhr?"

„Sagen wir um Zehn. Einverstanden?"

„Okay. Du kannst einen ja richtig neugierig machen."

4

Die alte Fabrik war eine ehemalige Baumwollspinnerei im Leipziger Stadtteil Neulindenau. Nach der Stilllegung hatte man das Gelände von altem Staub befreit, und man förderte dort jetzt die Leipziger Kunst- und Kreativszene. Die Hallen aus rotem Backstein hatte man behutsam restauriert, sie in ihrem historischen Äußeren belassen, innen aber modernisiert, geschickt unterteilt und eingerichtet. So hatten in Halle 12 über hundert Künstlerateliers ihren Platz. Daneben gab es dort Galerien, Werkstätten für Designer, Schmuck- und Modemacher, ein Theater, Druckereien, Kino, Tanz- und Choreografiezentren. Selbstverständlich gab es auf dem weitläufigen Gelände auch ein Bistro, ein Restaurant, einen Biergarten. Eine andere Halle, Halle 14, war in viele Segmente unterteilt und diente als Ausstellungsareal. Karl hatte ein eigenes kleines Atelier von etwa 20 Quadratmetern in der Halle 12 gemietet.

Es war ein seltsamer Weg gewesen von der Betriebswirtschaftslehre hin zu einem Maleratelier. Begonnen hatte es mit einem jener Momente, die als Schicksal oder Fügung über den weiteren Lauf des Lebens entscheiden. Mit großer, innerer Gewissheit, auch wenn dieser Moment für andere unscheinbar sein mag, kommt es zur Weichenstellung. Karl hatte die Leipziger Nikolaikirche besucht. Nicht aus Frömmigkeit, sondern nur, um sie wenigstens einmal gesehen zu haben. Ein Gerüst war mitten in der Kirche aufgebaut und oben auf der Plattform hockte jemand und restaurierte ein Fresko im Gewölbe. Da hatte er sich auf eine der Bänke gesetzt, dem Restaurator zugesehen, beobachtet, bewundert, wie ruhig, vorsichtig und behutsam er eine frische Farbe auftrug und das Bild Schritt für Schritt wieder zum Leben erweckte. Er erinnerte sich, wie er in ganz jungen Jahren im Bonner Raum romanische Kirchen aufgesucht und dort lange vor den alten Wandmalereien gestanden hatte. Damals war es wie das Eintauchen in eine andere Welt. Die Bilder, so einfach sie auch gestaltet sein mochten, sprachen irgendwie zu ihm, brachten etwas zum Klingen. Im Laufe der Jahre hatte er das vergessen. Jetzt war es wieder da. Nach dem Besuch der Nikolaikirche hatte er sich informiert, was man tun musste, um Restaurator zu werden. Er war zunächst überrascht, dass es einer akademischen Ausbildung, eines Hochschulstudiums bedurfte. Dann aber war ihm das klar. Man musste nicht nur über handwerkliches Geschick verfügen, sondern auch über fundiertes chemisches und physikalisches Wissen, was die Materialien betraf. Und man musste natürlich auch die kunsthistorischen Erscheinungsformen kennen. Und man musste das haben, was sich kaum lernen ließ: das künstlerische Einfühlungsvermögen. Bis zum Restaurator war es ein langer Weg. Der begann aber vor dem Hochschulstudium erst einmal mit einem mindest einjährigem Praktikum in einer Restaurierungswerkstatt. „Ich mache das. Ich muss es machen", sagte sich Karl. Seltsam verblasst und unwesentlich war auf einmal das BWL-Studium, seltsam verblasst und geradezu abschreckend auf einmal die Aussicht, die Regie über eine Bank zu übernehmen. Am nächsten Tag war er wieder in die Nikolaikirche gegangen, hatte geduldig gewartet, bis der Restaurator vom Gerüst gestiegen war, um eine Kaffeepause einzulegen. Karl hatte ihn direkt angesprochen. „Ich würde gerne ein Praktikum bei Ihnen machen. Geht das?"

Der Restaurator, ein Mann mittleren Alters, hatte ihn erstaunt angesehen, die Stirn gerunzelt, gesagt: „Hmm. Sie wollen Restaurator werden? Sie meinen, das geht so einfach? So ein bisschen an Decken und Wänden rummalen? Ihr habt Vorstellungen!"

„Ich möchte es wirklich lernen", hatte Karl geantwortet. „Es ist keine Laune."

„Hmm. Na gut. Wir können ja wenigstens darüber sprechen. Kommen Sie!"

Der Restaurator hatte einen Hut gegriffen, der am Fuße des Gerüstes lag, war vor ihm durch die Kirche dem Ausgang zu geschritten, hatte den Hut draußen aufgesetzt. Karl war ihm in ein Café in der Nähe der Kirche gefolgt.

„Also", hatte der Mann das Gespräch begonnen, „wenn Sie glauben, als Restaurator reich zu werden, haben Sie sich getäuscht. Im Gegenteil, Sie können kostbare Schätze verhunzen und man wird Ihnen böse sein. Sie wissen vielleicht, dass man zum Beispiel bei vielen evangelischen Kirchen neuerdings Wandgemälde entdeckt, die nach der Reformation übertüncht worden sind. Machen Sie bei der Freilegung Fehler, gibt es Ärger. Stellen Sie sich den Beruf nicht zu spannend vor. Das ist genauso, als wollte jemand Kommissar werden, um täglich Mörder zu fangen. In Wirklichkeit aber ist alles ganz banaler Alltag und mühevolle Kleinarbeit. Ich will Sie nur warnen. Was ist überhaupt Ihr Motiv, so etwas zu machen?"

Karl hatte ihn erstaunt angesehen. Was sollte er antworten? Eine seltsame Liebe zu den alten Malereien? Nein. Das wäre zwar die Wahrheit, aber kitschig gewesen. So erwiderte er nach einer kurzen Weile nur: „Ich will es wenigstens versuchen."

„Gut", sagte der Restaurator. „Versuchen wir es. Aber mit dem Praktikumsplatz müssen Sie sich noch ein halbes Jahr gedulden. Ich habe zur Zeit noch jemanden. Mehr als eine Person will ich nicht betreuen. Können Sie so lange warten?"

Karl hatte genickt. „Ja, kann ich."

Von da an besuchte er keine Vorlesung mehr, kein Seminar. Statt dessen kaufte er sich Bücher über Freskotechnik, befand bald, dass das Lesen zu wenig war und mietete ein Atelier in der alten Baumwollspinnerei. Hier begann er mit Kalk und Pigmenten zu experimentieren, machte den Fehler, den Kalk zunächst in einem Baumarkt zu kaufen, bis er auf den Trichter kam, sich über das Internet jahrelang abgelagerten Römerkalk zu besorgen. Der hatte andere Eigenschaften, splitterte nach dem Trocknen nicht so leicht von der Leinwand ab, ließ die farbigen Pigmente anders leuchten. Der Sohn des Bankiers begann eine eigenartige Technik zu entwickeln. Während andere mit Öl oder Acryl malten, trug er auf möglichst grobfaserige Leinwand Römerkalk auf, brachte wie Hieroglyphen wirkende Formen und Chiffren hinein und färbte sie mit Pigmenten. Auf diese Weise entstanden seltsame Bilder, die wie archaische Tafeln wirkten, wie archäologische Fundstücke, die man vor langer Zeit entdeckt und ausgegraben hatte. Unterstrichen wurde dieser Eindruck durch den Kalk, der trotz aller behutsamer Technik immer wieder Risse und Verwitterungen aufwies. Aber diese gehörten zum Gesamteindruck hinzu, unterstrichen ihn noch. Die Farben der Pigmente hatten etwas Liebevolles, Stilles, Leuchtendes, trugen Geheimnis in sich. So entstanden Werke, die von kleinen Formaten bis hin zu immer größeren Wagnissen gingen.

5

Sie war pünktlich. Genau um Zehn betrat sie das Bistro in der Baumwollspinnerei, steuerte auf den Tisch zu, an dem Karl saß. Er stand auf. „Hallo,

Amelie!" Er umarmte sie, küsste sie auf den Mund, trat einen halben Meter zurück, lächelte, sagte: „Steht dir gut. Richtig flott." Ihre Füße steckten in türkisfarbenen Basketballschuhen. Sie trug Jeans, eine weiße Bluse und hatte endlich wieder den schwarzen Anorak mit dem Pelzbesatz an, der ihm so gut gefiel.

„Danke, du Geheimniskrämer", sagte sie und lachte. Sie strich sich das blonde, schulterlange Haar zurück. Für einen Augenblick konnte man zwei sternförmige, silberfarbene Ohrstecker sehen. Sie setzte sich nicht. „Also, was ist mit dem roten Punkt? Frühstücken können wir später noch."

„Okay", meinte Karl, „dann gehen wir erst in Halle 14."

Auf dem kurzen Weg dorthin begann er mit der Erklärung. „Du erinnerst dich an das verhüllte Bild in meinem Atelier?"

„Natürlich. Du lässt dir bei der Arbeit ja nicht über die Schulter gucken. Kann ich ja verstehen. Man zeigt etwas erst, wenn es gelungen ist. Lass mich raten. Es ist fertig und hängt jetzt in der Ausstellungshalle. Richtig?"

„Ja."

„Und es ist ein großer roter Punkt auf weißem Grund?"

Karl lachte, schüttelte den Kopf. „Nein, ich sagte doch, es ist ein kleiner roter Punkt."

„Dann eben ein kleiner Punkt. Ein Suchbild?" fragte sie scherzhaft.

„Warte es ab. Wir sind gleich da."

Halle 14 war mit Stellwänden in viele Abteilungen gegliedert. Etwa in der Mitte der Halle blieb Karl vor einem großformatigen Bild stehen. Es war ein Fresko auf Leinwand, hatte das Format von 3 mal 2 Metern. „Das ist es", sagte er. „Indian Summer."

Sie standen schweigend davor. Betrachteten die auf dem Kalk nur angedeuteten Ahornfiguren, die mit Pigmenten eingefärbt waren und in den verschiedensten Abstufungen von Rot zu leuchten schienen. Es war ein eher zurückhaltendes Leuchten, ein Stück Geheimnis, anders als es das grelle Acryl vermochte.

„Es gefällt mir", sagte sie. „Unten rechts sehe ich jetzt auch einen aufgeklebten runden Punkt. Den wolltest du mir zeigen? Was ist Besonderes daran?"

Karl schmunzelte. „Der rote Punkt besagt, dass das Bild schon einen Käufer gefunden hat. Es bleibt hier noch zwei Wochen hängen und dann nimmt es jemand mit."

„Du hast dein erstes Bild verkauft? Für wie viel, wenn man so etwas fragen darf?"

„3500."

„Ola!" sagte sie anerkennend. „Wie kommst du auf diesen Preis?"

„Naja, ich hatte keine Ahnung, wie man einen Preis festsetzt. Ich habe im Nachbaratelier gefragt. Das ist die Rothaarige, bei der es manchmal nach Kiffen riecht. Sie malt mit Acryl, arbeitet an einer Serie mit abstrakten Figuren und Linien, nennt das ‚Die Geometrie der Zeit'. Sie sagte: ‚Du nimmst einfach den Umfang des Formates, in Zentimetern natürlich, und multiplizierst ihn mit deinem

Bekanntheitsfaktor.' Welchen hast du denn, habe ich gefragt. ‚25' hat sie geantwortet. Bekanntheitsfaktor? Welchen Bekanntheitsfaktor habe ich? Null. Meine Bilder kennt ja noch keiner. Aber Null kann ich natürlich nicht nehmen. Mit Null multipliziert man nicht. Da habe ich bescheiden mit einer Sieben angefangen."

„Schön", sagte Amelie und umarmte ihn. „Das nächste Mal nimmst du eine Zehn. Wer hat das Bild denn gekauft?"

„Eine ältere Dame. Sie stand lange davor, ging wieder weg, stand wieder vor dem Bild. ‚Es gefällt mir', sagte sie schließlich. Bei dem Preis hat sie nicht zu handeln versucht. Sie hat mir eine Anzahlung gegeben und holt es in zwei Wochen ab. Ich werde den Transport begleiten. Denn diese Kalkbilder muss man behandeln wie rohe Eier. Die müssen in mehrere Lagen Folie mit Luftpolster eingewickelt und beim Transport stabil gehalten werden. Sonst springt leicht etwas von dem Kalk ab."

„Auf dein erstes verkauftes Bild dürfen wir nicht nur Kaffee trinken", meinte sie. „Wir stoßen gleich mit einem Glas Sekt an."

Als sie zurück zum Bistro gingen, sagte Karl: „Da ist nicht nur der rote Punkt, mit dem ich dich überraschen wollte. Ich muss dir gleich noch etwas sagen. Und zwar, warum ich die Bank meines Vaters nicht übernehmen kann. Du musst mir aber versprechen, dass du das alles für dich behältst."

6

Neben dem Kaffee hatten sie sich auch Sekt bestellt, stießen zuerst einmal mit den Gläsern an. „Du musst mir nichts erklären", sagte Amelie. „Ist mir schon klar, dass du lieber mit Fresken zu tun hast, als mit Zahlen zu jonglieren. Ich brauche keinen reichen Mann. Du musst auch nicht unbedingt Bilder verkaufen. Als Restaurator wirst du auf eigenen Füßen stehen können. Außerdem bin ich auch noch da. In einem Jahr habe ich Examen. Dann kommt der Referendardienst. Ich hätte auch nichts dagegen, wenn wir zusammenziehen. Dann müssen wir nur eine Miete zahlen. Also mache dir da keine Sorgen. Wir werden nicht bei Hartz IV landen."

„Das ist es eigentlich nicht, was ich dir erzählen wollte", antwortete Karl. „Was du sagst, stimmt natürlich. Fresken zu restaurieren interessiert mich mehr als Geld zu verwalten. Aber ich erzähle am besten von Anfang an. Also, nach dem Abitur habe ich für zwei Jahre ein Praktikum bei meinem Vater gemacht. Da ich sein Nachfolger werden soll, musste er mich natürlich einarbeiten. Als der erste Scheich aus Riad, also aus Saudi-Arabien auftauchte, habe ich mir noch nicht viel dabei gedacht. Prima, glaubte ich, der will Wertpapiere anlegen, sich in einen Konzern einklinken, den Petersberg kaufen oder eine neue Moschee finanzieren. Da durfte ich noch nicht an Vaters Computer ran, hatte meinen eigenen, der nicht vernetzt war, musste mich erst einmal in Kreditgeschäfte einarbeiten. Also das, was heute die Zwillinge machen. Da geht es um kleinere

Summen. Das waren meist Risikokredite für Leute, die in der Schufa standen, in Not geraten sind. Diese Kredite sind natürlich rückversichert. Klappt die Rückzahlung nicht, haben wir keine Verluste. Mein Vater hat diesen Bereich aber nur als Spielwiese eingerichtet, eine Art Monopoly für seine Kinder. In Wirklichkeit ist das Bankhaus Moor eine Rüstungsbank."

„Waffengeschäfte?"

„Ja. Da geht es um zwei- und dreistellige Millionenbeträge. Manchmal sogar noch mehr. Ich fing an, mich damit zu beschäftigen, als ich durch Zufall in eine Bonner Demonstration geriet. Sie hatten Transparente wie „Deutsche Waffen, deutsches Geld morden mit in aller Welt." Dann kam der Moment, wo der Vater in einer Besprechung war. Er hatte vergessen, den zentralen Computer herunterzufahren. Ich hatte eine ganze Stunde Zeit, mir die Geschäftsverbindungen anzusehen. Daimler stellt nicht nur den Mercedes her, die Rheinmetall nicht nur Kochtöpfe und bei Heckler & Koch weiß man sowieso, was sie produzieren. Sturmgewehre, Granaten usw. Der Verkauf der Waffen geschieht ohne Wissen der Öffentlichkeit, geht am Parlament vorbei. Man hilft den Saudis auch, Waffenfabriken zu bauen. Sie bekommen Zulieferteile und Lizenzen. Dann können sie Sturmgewehre wie das G3 oder G36 selber bauen. Mit solchen Waffen beliefern sie zum Beispiel Uganda oder den Sudan, unterstützen Tyrannen und Diktatoren, um den Islam zu fördern, die Scharia und das Kalifat einzuführen. Die Deutschen tun so, als wüssten sie von nichts, quatschen in China über Menschenrechte. Dabei gibt es kaum einen repressiveren Staat als Saudi-

Arabien, mit dem sie Geschäfte machen. Da wird noch geköpft, gesteinigt und einiges mehr. Wenn wir in Riad mit Sekt anstoßen würden wie hier, kämen wir ins Gefängnis oder würden ausgepeitscht. Na ja, kurzum, ich habe mir damals auch ein ,Schwarzbuch Waffenhandel' gekauft, Untertitel ,Wie Deutschland am Krieg verdient'. Da sind die Verhältnisse recherchiert und auf über 600 Seiten dargelegt. Wenn es dich interessiert, kann ich es dir gerne geben. Da kannst du sehen, wie heuchlerisch das alles ist. Wenn ein deutscher Soldat in Afghanistan von einem Taliban erschossen wird, kommt die Kugel wahrscheinlich aus einem deutschen Gewehr."

Karl schwieg einen Augenblick, rührte nachdenklich mit dem Löffel in der Kaffeetasse, sagte dann: „Du verstehst also, wenn ich damit nichts zu tun haben will? Es ist eine Tötungsmaschinerie. Es fließt zwar kein Blut in der Bank, aber wir sind beteiligt."

Amelie nickte nur. „Und die Zwillinge?" fragte sie. „Die wissen davon?"

Karl schüttelte den Kopf. „Glaube ich nicht. Die haben nur den Kreditbereich für das Spielgeld. Das ist streng getrennt. Der Vater hat ihnen drei Millionen auf eine Essener Bank überwiesen und gesagt: ,Wenn ihr daraus mindestens vier gemacht habt, lasse ich euch vielleicht in andere Bereiche. Vorher nicht.' Ich glaube, er hat das Geld von vorneherein abgeschrieben. Er kennt ja den Lebensstil meiner Brüder. Was er wahrscheinlich nicht weiß, die fahren nicht nur Ferrari."

„Sondern?"

„Auf der Rheinseite des Parks gibt es ein Gartenhaus. Dahin bestellen sie sich Frauen aus Bonn. Fotomodelle, wie man so schön sagt. Die kosten 500 Euro die Stunde."

„Woher weißt du das?"

„Fritz hat es mir erzählt. Der ist im Gegensatz zu Franz manchmal etwas einfältig."

„Ich denke, es sind eineiige Zwillinge."

„Unterschiede gibt es trotzdem. Die sind mentaler Natur."

„Wie hältst du sie eigentlich auseinander? Mir gelingt das nicht."

„Mir auf den ersten Blick auch nicht. Aber wenn ich mit ihnen rede, merke ich den Unterschied. Fritz plappert mehr, als dass er nachdenkt. Er guckt dann so unschuldig. Bei Franz weiß man nicht wirklich, was er denkt."

„Dass die Zwillinge sich Frauen bestellen, muss dein Vater doch sehen. Die Geschäftsräume liegen zum Eingangsbereich hin."

„Es gibt einen Zugang von der Rheinpromenade her. Der wird zwar auch von einer Kamera überwacht, aber Fritz verändert den Winkel des Objektivs. Auf dem Monitor sieht man dann irgendeinen Busch oder den Himmel."

„Interessant", bemerkte Amelie. „Was es im Hause Moor so alles gibt! Weißt du sonst noch etwas, was deine Brüderchen so treiben?"

„Nein. Außer dass Fritz schottischen Whisky liebt. Vielleicht etwas zu viel. Ich hoffe, dass es den Beiden nicht einmal zum Verhängnis wird."

„Verhängnis? Beiden?"

„Ach so. Die ballern ab und zu. Der Vater hat ein Jagdrevier in der Eifel. Bei Eichenbach. Er selbst geht nicht mehr auf die Jagd. Du hast gewiss bemerkt, dass er nicht mehr gut sieht. Er scheut sich aber, sich am Grauen Star operieren zu lassen. Dafür begeben sich die Zwillinge ab und zu auf den Hochsitz. Da war ich aber noch nie dabei."

„Was ihr nicht alles besitzt! Habe ich vielleicht einen Landeplatz für Hubschrauber übersehen?"

„Die Geschäfte werden diskret gemacht. Da fahren nur leise Limousinen vor."

Amelie sah auf ihre Armbanduhr. „Eigentlich müsste ich jetzt anfangen zu lernen. Aber ich glaube, das wird nichts mehr. Ich habe keine Lust dazu. Verbringen wir den Rest des Tages lieber zusammen. Einverstanden?"

„Gerne", antwortete Karl. „Aber vorher muss ich noch ein kleines Geständnis machen. Dann bist du voll im Bilde."

„Ach! Was kommt denn jetzt noch?"

„Nichts Schlimmes. Jedenfalls nicht aus meiner Sicht. Im Gegenteil. Du erinnerst dich an einen Artikel im Lokalteil unserer Zeitung? War vor etwa einem Jahr. Da ging es um eine Flugblattaktion."

„Nein." Amelie schüttelte den Kopf. „Was war denn da?"

„Es wurden Flugblätter in Briefkästen gesteckt. Unterzeichnet waren sie mit ‚Rote Brigade Leipzig'."

„Habe ich nicht mitbekommen. Was war denn da?"

„Es wurde über die Waffengeschäfte der Bundesrepublik Deutschland aufgeklärt."

„Ich kann es mir denken. Du stecktest dahinter."

„Nicht nur. Wir waren zu Dritt."

„Und? Was ist daraus geworden?"

„Nichts. Den deutschen Michel interessiert so etwas nicht. Die Hauptsache, die Supermärkte sind gefüllt. Alles andere ist egal. Wir haben diese Aktionen eingestellt."

„Wer ist wir? Kenne ich die beiden Anderen?"

„Einen kennst du. Ernst Ronsdorf, der Chemiestudent. Du hast ihn ab und zu bei mir gesehen. Der andere ist Kfz-Mechaniker. Wir waren einmal bei ihm, als dein Auto durch den TÜV musste. Wer hinter der ‚Roten Brigade' steckte, ist nie rausgekommen."

Amelie wiegte bedächtig den Kopf, strich sich die Haare nach hinten in den Nacken, lächelte dabei. „Karl, Karl. Du willst also nicht nur das Bankerbe nicht antreten, sondern hast sogar versucht, die Geschäfte deines Vaters zu hintertreiben."

7

Markus Mühlenbeck hatte sein Büro in der Bonner Südstadt, im ‚Bonner Talweg'. Die Häuser hier sahen gepflegt aus, stammten vom Anfang des 20. Jahrhunderts, hatten zumeist frisch gestrichene Fassaden, vermittelten den Eindruck wohlhabender Nostalgie. Die Südstadt war ein beliebtes Viertel. Franz Moor fand nach einigem Suchen eine Parklücke in der Nähe des Hauses, steuerte auf die Nummer zu, die Markus ihm am Telefon angegeben hatte. Auf der Klingelleiste entdeckte er ein dezentes Messingschild ‚Mühlenbeck Privatdetektiv'.

Markus empfing ihn im zweiten Stock an der Tür, begrüßte ihn wie einen alten Kumpel, den man täglich sieht. Durch einen schmalen Flur gelangten sie in den Büroraum, bei dem Franz feststellte, dass er zugleich auch als Wohnraum diente. Es war eigentlich ein Appartement mit einer Küchenzeile. Das Ausziehsofa, aus dessen Kasten noch ein Zipfel eines Lakens guckte, verriet ihm, dass Markus hier auch schlief. Einen abgetrennten Büroraum konnte er sich nicht leisten. Die Mieten waren teuer in Bonn. Mühlenbeck, was er mit Genugtuung bemerkte, schien finanziell klamm zu sein.

Der Raum war einfach eingerichtet. Ein Schreibtisch mit Telefon, Fax und Computer. Ein Bürosessel Marke ‚Chef' von Ikea, eine Sitzecke mit Tisch und drei Sesseln, ein paar Aktenschränke mit Rollo. Am Fenster, dessen Gardinen eine Wäsche nötig hatten, gammelte traurig eine Palme. Es war die Nordseite des Hauses. Der Winter war lang.

„Kaffee?" fragte Markus. „Dabei können wir über dein Anliegen sprechen. Ich bin gespannt auf den Auftrag des Hauses Moor."

Nachdem Franz den ersten Schluck genommen hatte, begann er zu erklären. „Also, ich komme im Auftrag meines Vaters. Aber alle Telefonate, Abrechnungen, Verabredungen gehen nur über mich. Der Alte bleibt außen vor."

Markus nickte. „Verstehe. Geht in Ordnung."

„Du fährst bitte nach Leipzig", fuhr Franz fort, „und observierst dort meinen Bruder Karl. Du kennst ihn ja. Er war auf der Schule drei Klassen über uns. Du bekommst von mir aber ein Foto neueren Datums. Der Alte muss wissen, was Karl als Student so alles treibt. Schließlich soll er ja einmal eine gewisse Verantwortung in der Bank übernehmen. Du findest also bitte heraus, ob es irgendwelche Ungereimtheiten gibt. Wir können uns für die Bankgeschäfte nur untadelige Leute leisten."

„Habt ihr schon irgendwelche Anhaltspunkte?"

„Nein, noch nicht. Aber das Studium zieht sich verdächtig in die Länge."

„Hmm." Mühlenbeck strich sich mit der Hand über den Kopf. „Leipzig. Das ist aber weit. Das kann ich nicht an einem oder zwei Tagen erledigen. Mein Tagessatz beträgt 300 Euro plus Spesen."

„Verdirb die Preise nicht!" warf Franz ein. „Die Lottofee im Fernsehen bekommt für drei Minuten, wo sie einen begrüßt und Zahlen runterraspelt, 5000. Du bekommst von uns 500 pro Tag und natürlich alle Ausgaben ersetzt. Kilometergeld, Hotel, Restaurant. Abrechnung und alle Informationen wie gesagt nur an mich."

„Ich weiß", entgegnete Mühlenbeck knapp.

„Sag mal", wollte Franz wissen, „du hast doch nach dem Abi bei der Polizei angefangen. Was ist denn passiert? Mir kannst du es ruhig verraten."

Mühlenbeck winkte mit einer raschen Handbewegung ab. „Blöde Geschichte. Ich hatte damals eine Freundin mit sehr hohen Ansprüchen. Da habe ich mich an der Asservatenkammer bedient. Wir hatten bei einer Razzia gerade einen größeren Coup gelandet. Einen ganzen Karton mit Gras, das zu je sieben Gramm in Tüten abgepackt war. Der Karton war randvoll. Wie ich später erfuhr, waren es genau 200 Tütchen. Dass sie irgendein Bürokrat schon abgezählt hatte, wusste ich nicht. Naja, ich hatte mir ein paar genommen. Das Zeug wird ja sonst nutzlos verbrannt."

„Warum waren in den Tüten genau sieben Gramm und nicht etwa zehn?"

„Der Besitz von 7,5 Gramm THC, das ist der Wirkstoff des Marihuanas, gilt nach dem Betäubungsmittelgesetz nicht mehr als minderer Besitz. Wird man damit erwischt, wandert man für ein paar Jahre in den Knast. Nun enthält das Gras aber in der Regel weniger als zehn Prozent THC. Mit einem Tütchen von 7 Gramm Gras ist man also absolut auf der sicheren Seite. Es gibt zwar Ärger, aber keinen Freiheitsentzug."

„Und die Tütchen hast du verkauft?"

„Ja. Abends am alten Zollamt. Und noch an einigen anderen Stellen. Man lernt die Szene ja kennen. Dass ich damit gedealt habe, ist nicht entdeckt worden. Ich habe mich mit Eigenbedarf rausgeredet. Den Job war ich natürlich los. Es gab eine saftige Geldstrafe und ein Jahr auf Bewährung. Ich bin also vorbestraft."

„Ein Adelstitel!" bemerkte Franz süffisant. „Laut Kirche sind wir ja sowieso mit der Erbsünde behaftet. Sei froh. Du kannst jetzt selbstständig arbeiten, hast niemanden vor der Nase. Hast du Mitarbeiter?"

„Brauch ich nicht. Ich schmeiß den Laden alleine."

„Das ist gut. Dann sind wir unter uns. Ich kann mir vorstellen, dass es Folgeaufträge gibt. Aber zuerst einmal die Observation." Franz zog aus der Innentasche seines Jacketts ein prall gefülltes Kuvert, reichte es Mühlenbeck. „Da drin ist eins der neueren Fotos von Karl und ein Blatt mit allen notwendigen Informationen. Adresse von Karl, Automarke, Kennzeichen, die Fakultät, in der er angeblich eingeschrieben ist, Handynummer, falls du ihn orten musst. Außerdem 2000 Euro für deine zunächst entstehenden Unkosten. Den Rest rechnen wir ab, wenn du aus Leipzig zurück bist."

8

Bei den Moors gehörte es zur Etikette, das Frühstück gemeinsam einzunehmen. Darauf hatte Maximilian Moor auch nach dem Tod seiner Frau bestanden. Werktags fand es zum Missfallen der Zwillinge schon um halb acht statt. Am Wochenende war die Zeit humaner auf neun Uhr festgesetzt. Fritz versäumte es allerdings hin und wieder. Sehr zum Missfallen des alten Moor, der darüber jedoch kein Wort verlor, sondern es sich merkte und schwieg. Kam Fritz verspätet, traf ihn nur ein tadelnder Blick. Franz dagegen achtete darauf, pünktlich zu sein und sich adrett im Anzug rechtzeitig einzufinden. Den Tisch im Essraum der Villa hatte Daniel, der Butler des Hauses, gedeckt. Maximilian Moor saß am Kopfende, ihm zur Seite die Zwillinge. Nach dem Frühstück zog sich der Hausherr in sein Büro zurück, nahm noch eine Tasse Tee mit und studierte verschiedene Wirtschaftsmagazine, die ihm Daniel auf den Schreibtisch gelegt hatte. Am Morgen nach dem Besuch von Franz bei Markus Mühlenbeck saßen alle drei beisammen.

„Habt ihr was von Karl gehört?" fragte Maximilian Moor. „Der schreibt euch doch ab und zu wenigstens eine SMS oder eine Mail."

Franz schüttelte den Kopf. „Nein, nichts. Seit Weihnachten nicht mehr."

„Und von Amelie?"

„Nein, auch nicht. Warum sollte sie uns schreiben, wenn Karl es nicht tut?"

„Ich hoffe, sie wird bald zum Haus gehören", meinte der alte Moor.

„Das hoffen wir auch", schaltete sich Fritz ein und grinste. Franz trat ihn unter dem Tisch gegen das Schienbein. „Sie ist ein sehr nettes Mädchen", wandte er sich an den Vater. „Du magst sie?"

„Ja, als die beiden hier waren, hat sie einen sehr sympathischen Eindruck gemacht. Ich glaube, Karl hat eine gute Wahl getroffen."

„Du willst sie auch in der Bank anstellen?" fragte Fritz.

„Deine Frage ist wieder der übliche Blödsinn", knurrte der alte Moor. „So weit ich weiß, tritt sie das Lehramt an."

„Ja, stimmt", ergänzte Franz. „Sport und Geographie."

„Bei der hätte ich auch gerne Turnen gehabt. Klasse Body!"

Franz verdrehte die Augen. „Hör nicht hin, Vater!" sagte er. „Fritz macht Witze."

„Das sind keine Witze", protestierte Fritz. „Das stimmt doch. Hast du doch selbst auch gemeint."

„Quatsch! Du hast das falsch interpretiert. Ich habe nur gesagt, dass sie bestimmt eine gute Sportlehrerin wird. Außerdem benutze ich keine Anglizismen."

„Hört mit dem Gewäsch auf!" unterbrach der alte Moor. „Erzählt mir lieber, welchen Zinssatz nehmt ihr bei den Krediten."

„15,8", antwortete Franz.

„Das ist zuviel. Ihr verliert die Klientel. Der Leitzins der EZB ist Null."

„Wir verlieren keine Klientel", widersprach Fritz. „Die Leute sind in Not. Die brauchen das Geld. Da akzeptieren sie 15,8. Wir haben überhaupt keine Einbußen."

„Na, wie ihr meint. Ich sehe es anders. Ihr wisst ja, ich lasse euch freie Hand. Aber wenn ihr im nächsten Jahr aus den drei Millionen, die ich euch zur Verfügung gestellt habe, keine vier gemacht habt, könnt ihr meinetwegen beim Bäcker in die Lehre gehen." Zu Fritz gewandt fügte er hinzu: „Das würde besonders dir gut tun."

„Mach dir keine Sorgen, Vater", glättete Franz die Wogen. „Das läuft schon. Fritz hat recht. Die Leute stecken in finanziellen Kalamitäten und akzeptieren jeden Zinssatz. Außerdem sind wir rückversichert. Darauf achten wir. Es geht nichts verloren."

„Es soll nicht nur nichts verloren gehen. Da soll auch etwas dazukommen. Das ist für euch doch wohl ein leichtes Spiel. Ich überweise jedem von euch 3000 Euro im Monat. Ihr müsst keine Miete zahlen, nichts fürs Essen. Da darf ich davon ausgehen, dass sich euer Kapital vermehrt. Oder?"

„Natürlich!" nickte Franz.

„Ja, ja, so natürlich ist das nicht. Die Banklehre in Bonn habt ihr damals abgebrochen. Aus dem Fernlehrgang zum Bankkaufmann ist auch nichts geworden. Ich habe euch noch nie das ‚Handelsblatt' lesen sehen oder etwas Gleichartiges. Mit Fragen zum Geschäft kommt ihr auch äußerst selten, so als wüsstet ihr alles. Ihr kommt mir vor wie jemand, der einen Reiterhof führt, aber nur von Meerschweinchen Ahnung hat. Nächstes Jahr, Ende Dezember, will ich eure Bilanzen sehen."

„Selbstverständlich, Vater", antwortete Franz. Und um auf ein anderes Thema zu lenken, fragte er: „Wer waren eigentlich die Gäste am Sonntag?"

„Ach", wich Moor aus. „Das war nur ein erstes Vorgespräch. Da ist noch nichts in trockenen Tüchern. Es war jemand aus dem Nahen Osten da. Und dann ein Manager von Karstadt. Aber das gehört nicht zu eurem Geschäftsbereich und ich kann da auch keine Auskunft geben."

Nach dem Frühstück zog sich Maximilian Moor wie gewohnt in sein Büro zurück. Daniel räumte den Tisch ab. Fritz war vor dem Dienst im Büro der Zwillinge noch einmal in seine Suite gegangen. Franz war am Tisch geblieben.

„Sag mal, Daniel", fragte er. „Weißt du mehr über den Besuch am Sonntag?"

Der Butler schüttelte den Kopf. „Nein, geht mich ja auch gar nichts an."

„Komm", meinte Franz. „Tu nicht so! Ich habe dich schon ein paar mal erwischt, wie du an der Tür des Konferenzzimmers gelauscht hast. Also!" Er griff in die Brusttasche seines Jacketts, zog zwei Fünfziger heraus. „Es soll dein Schaden nicht sein. Von mir erfährt niemand ein Wort."

Daniel stellte das Tablett zurück auf den Tisch, nahm die beiden Geldscheine. „Nun ja", sagte er. „Gelauscht habe ich nicht. Aber ich bin einmal an der Tür vorbeigekommen. Da haben sie gerade was von MIC gesagt. Auf Englisch, die Buchstaben haben sie einzeln ausgesprochen. Was es bedeutet, weiß ich allerdings nicht. Das müssen Sie selbst herausfinden."

„Danke, Daniel. Ich will's versuchen."

Im Büro fuhr Franz den Computer hoch, forschte mit Suchbegriffen bei Google nach. Diese Suchmaschine war ein Segen. MIC war die Abkürzung für Military Industrial Corporation auf den Prince Sultan Military Camps in Saudi Arabien.

„Von wegen Karstadt, du seniler Trottel", murmelte er. „Hier stehen ganz andere Geschäfte an. Aber davon wirst du nicht mehr profitieren und Karl erst recht nicht."

9

Eine halbe Stunde später tauchte Fritz auf. „Du musst mir bei dem Alten nicht immer ins Wort fallen", beschwerte er sich.

„Na und? Einer muss sich seinen Vorstellungen anpassen. Du plapperst immer wild drauflos."

„Stimmt doch, dass die Amelie sexy ist."

„Ja, weiß ich. Aber das muss man anders ausdrücken. Wir sind seriöse Geschäftsleute und so müssen wir uns auch benehmen. Du kapierst das nicht."

„Du schmeichelst dich bei ihm ein und ich bin der Arsch", grollte Fritz.

„Das siehst du völlig falsch. Ich versuche für uns die Bank zu retten. Der Alte misst uns an unserer Zuverlässigkeit und daran, dass wir von dem Geschäft was verstehen. Den interessiert nicht, ob die Amelie einen Klasse Body hat, du Idiot. Das sind die falschen Töne."

„Mag ja sein", lenkte Fritz ein. „Brüderchen hat mal wieder recht. Was ist mit Mühlenbeck?"

„Der ist unterwegs nach Leipzig."

„Und dann?"

„Abwarten. Mal sehen, was er herausfindet."

„Und wenn er nichts findet?"

„Dann erfinden wir was."

„Was denn?"

„Das lass mal meine Sorge sein. Auf jeden Fall darf Karl die Bank nicht übernehmen. Und am besten gar nichts. Nicht die Villa, nicht den Wald in der Eifel. Nichts. Du hast ja selbst gehört, welche Geschäfte anstehen."

„Die mit Karstadt?"

„Ja. Wenn der Scheich Karstadt übernimmt, fallen auch für uns Provisionen ab. Oder willst du etwa beim Bäcker in die Lehre gehen? Wenn Karl die Bank bekommt, ist unser Spiel am Ende. Von dem Startkapital ist die Hälfte verjubelt. Vor allem durch dich. Mit deinen blöden Weibern."

„Du hast doch selbst mitgemacht."

„Aber nicht so oft wie du. 500 Euro für ein vergnügliches Stündchen! 2000 für eine ganze Nacht, wo du besoffen im Bett liegst und nichts von der Frau hast. Du kannst nur froh sein, dass Daniel auf unserer Seite ist und dem Alten nichts erzählt. Du gefährdest unsere Zukunft. Sieh das endlich ein. Wir sind eineiige Zwillinge. Ich halte zu dir. Aber irgendwann ist der Spaß vorbei. Ich bin mit dir zusammen geboren worden, aber ich möchte nicht mit dir zusammen untergehen."

10

Amelie hatte ihre Klausur geschrieben. Ein ganz gutes Gefühl hatte sie nicht, aber es würde reichen, um den Seminarschein zu bekommen. Es war an einem Morgen am Gründonnerstag, als sie nach der Klausur in die alte Spinnerei fuhr, um Karl zu besuchen. Sein Atelier lag im ersten Stock von Halle 12. An der Tür hatte er nur ein kleines, bescheidenes Namensschild angebracht. Auf dem Flur gab es andere Künstler, die schon gleich mit einem repräsentativen Schild ihre kommende Berühmtheit vorwegnahmen. Sie klopfte, trat ein, fragte überrascht: „An was bastelst du denn da?" Karl stand vor einem riesigen Gehäuse aus Plexiglas und bohrte gerade ein Loch in eine Seitenscheibe. Neben ihm stand eine Gasflasche mit einem Schlauch. Er richtete sich auf, lachte. „Geheimnisvoll, nicht wahr! Ist aber nur eine Kammer, um die Kalkschicht auf den Bildern stabiler zu trocknen." Er ging auf sie zu. Sie begrüßten sich mit einem Kuss. „Wie war deine Klausur?"

„Na ja. Hätte besser sein können. Aber ich glaube, es reicht für den Schein." Sie ging auf das Gehäuse aus Plexiglas zu, blieb davor stehen. „Wie funktioniert das denn?" fragte sie.

„Im Prinzip ziemlich einfach. Es ist die kontrollierte Umwandlung des flüssigen Römerkalks in Marmor oder wie der Chemiker auch sagen würde in Calciumcarbonat. Ich stelle das Bild in den Kasten. Der Deckel kommt drauf, und ich leite Kohlendioxid ein. Das reagiert mit dem Kalk zu Calciumcarbonat. Innen ist auch ein Hygrometer, mit dem ich die Luftfeuchtigkeit kontrolliere. Ich will so vermeiden, dass der Kalk von der Leinwand absplittert."

Sie sah ihn mit großen Augen an. „Seit wann weißt du denn so in Chemie Bescheid?"

„Ich doch nicht. Ich habe Ernst Ronsdorf im chemischen Institut besucht und er hat mir das erklärt. Jetzt probiere ich es einfach mal aus. Die Gasflasche mit dem Kohlendioxid hat er mir mitgegeben. Also alles kein Geheimnis. Ein ganz simpler Prozess. Gehen wir ins Bistro Kaffee trinken?"

„Gerne."

Das Bistro war an diesem Morgen fast leer. Wegen der kommenden Ostertage waren die meisten Künstler in Urlaub gefahren. Die Beiden hatten freie Auswahl, was die Tische betraf, entschieden sich für einen in der Mitte der Fensterfront. Amelie stellte die Tasche, die sie dabei hatte, auf den freien Nachbarstuhl, entnahm ihr ein Buch. „Hier hast du dein ‚Schwarzbuch' zurück. Ich habe es nur teils gelesen, manchmal überflogen. Es deprimiert. Ich hätte das nicht gedacht. Da habe ich unsere Kanzlerin immer für eine Christin gehalten und dann muss ich so etwas lesen. Sie hatte einen Papierstreifen in das Buch gelegt, schlug es an dieser Stelle auf, las leise, aber so, dass es Karl hören konnte, vor: ‚Angela Merkel – Marketenderin der Todeswaffen. Eins ist all diesen Exportgenehmigungen gemeinsam: Sie erlauben den Waffen- oder Rüstungstransfer aus dem christlich geprägten Deutschland in islamische Länder, deren Regierungen zum Teil mit brutaler Gewalt gegen Christen im eigenen Land vorgehen oder ein solches Vorgehen durch unterschiedliche Gruppen zumindest dulden.'" Sie klappte das Buch zu, sagte: „Erstaunlich ihre Reisetätigkeit in Begleitung führender Vertreter der Rüstungsindustrie. Immer wieder Saudi-Arabien, Oman, Katar, Vereinigte Arabische Emirate und so weiter und so weiter. Ich kann verstehen, wenn du das Bankhaus Moor nicht übernehmen willst."

„Ja", bestätigte Karl. „Aber nicht nur deswegen. Das Bankgeschäft kommt mir manchmal vor wie ein fauler Zaubertrick. Das meiste Geld gibt es gar nicht. Das sind nur Zahlenspielereien im Computer."

„Wie meinst du das?"

„Na ja, etwa 80 Prozent des Geldes werden als elektronische Zahlen erschaffen und hin und her geschoben. Man nennt das Giralgeld. Was passiert zum Beispiel, wenn dir deine Leipziger Bank einen Kredit von sagen wir 10 000 Euro gibt? Meinst du, dann geht jemand in die Schatzkammer und zahlt das auf dein Konto ein? Oder sie belasten ein anderes Konto und schreiben es dir gut? Oder sie greifen irgendwelche Ersparnisse oder Rücklagen an?"

„Weiß ich nicht. Sie holen das Geld von der Zentralbank?"

„Ach was! Angenommen, du hast tausend Euro auf deinem Konto, dann machen sie daraus per Computer 11 000. Du bekommst einen elektronischen Gutschein. Da wird kein anderes Konto belastet. Dein Kredit besteht aus neu geschöpftem Geld. Als Gewinn geht es in die Bilanz der Bank ein, eine so genannte Bilanzverlängerung, obwohl es dieses Geld real gar nicht gibt."

„Ich kann aber Bargeld abheben."

„Sicher, beziehungsweise manchmal gar nicht sicher. Das Giralgeld ist nur ein Versprechen auf Bargeld. Wenn die Bank pleite geht, was wir ja in einigen Fällen erlebt haben, dann ist dein Geld weg, weil es nie richtig existiert hat. Wenn alle Kunden an einem Tag ihr Geld abheben wollten, geht die Bank pleite. Das wäre der gefürchtete ‚Bank Run'. Denn so viele Reserven hat sie gar nicht. Sie hat mit Geistergeld jongliert."

„Kompliziert."

„Ja. Und verfassungsrechtlich nicht unbedenklich. Denn die Banken, auch die Privatbanken, die sozusagen Geld erschaffen, operieren in einer Grauzone, häufen Macht an, sind unsere heimlichen Regenten. Demokratie? Ich weiß nicht. Es wird uns eingeredet, wir hätten eine. Ich hätte lieber im 19. Jahrhundert bei den Indianern in der nordamerikanischen Prärie gelebt. Die hatten noch realen Tauschhandel mit…"

„Entschuldige, Karl, wenn ich dich unterbreche. Der Mann zwei Tische weiter hier an der Fensterfront beobachtet uns die ganze Zeit. Sehe ich hin, widmet er sich wieder seinem Smartphone."

„Der beobachtet nicht uns, sondern dich. Du bist eben sehr attraktiv."

„Nein, das ist es nicht. Er hat irgendein Interesse. Das gefällt mir nicht."

„Meinst du, der hört mit? Wir sprechen doch leise genug. Und wenn schon! Ist doch nicht verboten, wenn wir über den Waffenhandel der

Bundesrepublik sprechen oder über Geistergeld. Die Stasizeiten in Leipzig sind vorbei."

Karl drehte sich dezent um, sah den Mann zwei Tische weiter. Aber der guckte gar nicht hin, sondern war wieder mit seinem Smartphone beschäftigt.

11

Mühlenbeck war zufrieden. Vier Tage hatte er in Leipzig verbracht, statt einer langweiligen Observation ein eher vergnügliches Abenteuer gehabt. Schräg gegenüber Karls Wohnung hatte er eine Pension gefunden, die ,Pension in der Buttergasse', ein Zimmer straßenwärts bekommen, musste nicht stundenlang frierend im Wagen hocken, sondern konnte Musik hörend mit einer Tasse Kaffee am Fenster stehen. Gegenüber der Wirtin hatte er sich als Herbert Weiß aus Düsseldorf ausgegeben. Um ganz sicher zu gehen und jedem blindem Zufall vorzubeugen, hatte er sein Gesicht mit Schnäuzer, Kinnbart und Brille verändert. Man konnte ja nie wissen, wem man unerwartet begegnete oder wer einem später nachforschen würde.

Er hatte Karls Fiat entdeckt, der etwa fünfzig Meter entfernt von der Wohnung stand, und so musste er nur warten, bis Karl das Haus verließ. Einmal war er ihm gefolgt, als Karl zu seiner Freundin fuhr. Zweimal führte der Weg zu einem ehemaligen Fabrikgelände. Das kleine Richtmikrophon, das mit seinem Smartphone verbunden und unauffällig unter dem Tisch angebracht war, hatte vorzüglich gearbeitet. Noch am Mittag desselben Tages hatte er das Sekretariat der wirtschaftswissenschaftlichen Fakultät der Universität besucht und die Auskunft bekommen, die seinem Auftraggeber gewiss angenehm wäre. Denn dass es Franz lieber sein würde, wenn es nichts Gutes über seinen Bruder zu berichten gab, war ihm klar. Eigentlich hätte er mit zwei Tagen Leipzig auskommen können, aber das musste er Franz Moor ja nicht auf die Nase binden. 500 Euro am Tag war ein gutes Honorar. Am Ostermontag rief er Franz an. Nur eine Stunde später saß der in seinem Büro.

„Und? Was hast du herausgefunden?"

„Euer Bruder studiert gar nicht BWL. Vor einem Jahr hat er sich exmatrikulieren lassen. Er ist jetzt unter die Maler gegangen, hat ein Atelier in einer ehemaligen Baumwollspinnerei."

„Sehr gut. Dann kann er nicht in der Bank arbeiten. Wir brauchen keine Künstler. Was hast du sonst noch herausgefunden?"

Mühlenbeck erzählte von dem Gespräch im Bistro, das er belauscht hatte. „Der Knabe scheint mir recht intelligent zu sein. Er hat seiner Freundin einen Vortrag zum Unwesen des Geldes gehalten."

„Klar. Da muss er ja Bescheid wissen, wenn er so tut, als würde er studieren und kassiert vom Vater jeden Monat 3000 Euro. Du bist sicher, dass es die Amelie war?"

Mühlenbeck zeigte ihm ein paar Fotos, die er mit dem Smartphone gemacht hatte.

„Ja, das ist sie", bestätigte Franz. „Wenigstens da hat er einen guten Geschmack. Sie haben dich bemerkt?"

„Sie haben mich nur gesehen. Das Bistro war fast leer. Aber sie wussten ja nicht, wer ich bin. Bemerkt haben sie nichts. Das kleine Richtmikrophon war unter meinem Tisch angebracht. Dass man einen Stöpsel im Ohr hat, ist normal, wenn man in einem Bistro Musik hört oder sonst etwas im Internet mitbekommen will."

„Worüber haben sie sich noch unterhalten?"

„Amelie hat ihm etwas aus einem dicken Wälzer vorgelesen. Es ging um Waffenhandel der Bundesrepublik."

„Ach! Was für ein Buch? Hast du es erkennen können?"

„Schwarzbuch Waffenhandel. Wie Deutschland am Krieg verdient."

„Interessant. Darüber haben die Beiden geredet?"

„Ja. Und noch etwas. Auf dem Flur, wo Karls Atelier ist, hat es nach Hasch gerochen. Ich habe eine Nase dafür. Das bemerke ich schon in geringsten Konzentrationen. Ich brauche da keinen Spürhund für."

Franz legte die Stirn in Falten, schien nachzudenken. Er spitzte die Lippen, sagte aber nichts. Nach einer kleinen Weile fragte er: „Welche Auslagen hast du gehabt?"

Mühlenbeck legte ihm die Quittungen vor. „Pension, ein paar Mal Restaurant, Tankstelle."

„Du bist recht bescheiden, hättest dir auch ein gutes Hotel suchen können." Franz überflog die Summe. „Sehr gute Arbeit!" bemerkte er. „Runden wir die Spesen auf 500 Euro auf. Bist du an einem weiteren Auftrag interessiert? Dann wird es richtig lukrativ."

„Kommt drauf an. Woran denkst du?"

„Sicherheitsgewahrsam. Damit er keinen Schaden in der Bank anrichten kann."

„Du meinst, er soll für eine Zeit hinter Gitter?"

„Du bekommst von mir 50 000 Euro, wenn dir das gelingt. Erfolgshonorar also."

„Das ist wahre Bruderliebe!" bemerkte Mühlenbeck spöttisch.

„Ich muss ihn von der Bank fernhalten."

Mühlenbeck lehnte sich in seinem Sessel zurück, strich sich mit der Hand über das Kinn. „Gefährlich. Wenn das rauskommt! Ich bin vorbestraft."

„Das kommt nicht raus. 50 000 Euro."

„Und wie soll ich das anstellen?"

„Ist die Tür seines Ateliers besonders gesichert?"

„Nein, glaube ich nicht. Die bekäme man rasch mit einer Scheckkarte auf. Wenn nicht, ist das auch kein Problem. Es gibt noch andere Mittel, so dass man gar nicht merkt, dass sich da jemand Zutritt verschafft hat. An was denkst du denn?"

„Du hast doch eben das mit dem Hasch erwähnt. Deponiere das Zeug in seinem Atelier und melde es bei der Polizei. Ruf die an und beschwere dich über den lästigen Haschgeruch, der aus dem Atelier kommt. Es hat eine Nummer oder ein Namensschild?"

„Ein Namensschild."

„Gut. Du musst denen ja nicht verraten, wer du bist. Den Anruf erledigst du von einem öffentlichen Apparat. Da kann dir nichts passieren. Du agierst völlig anonym. Leg ihm noch einen fingierten

Zettel ins Atelier. Zum Beispiel: ‚Wenn du die letzte Lieferung nicht bald bezahlst, kommen wir!' Oder so ähnlich."

„Das mit dem Zettel ist schwierig. Es müssten seine Fingerabdrücke drauf sein. Er hat ihn ja gelesen. Und warum sollte er diesen Zettel im Atelier aufbewahren? Der wird ihm doch eher in den Briefkasten gesteckt worden sein. Das Gras verpacke ich in irgendeine Tüte oder Dose, die er im Atelier hat. Da sind seine Abdrücke drauf. Das ist kein Problem."

„Der Zettel kann ihm auch mit Tesafilm an die Ateliertür geklebt worden sein. Er reißt ihn ab, nimmt ihn mit hinein", überlegte Franz.

„Möglich. Aber das ist zu unsicher. Er könnte ihn ja auch sofort wegwerfen. Das muss anders laufen. Ich denke, mir wird da schon etwas einfallen."

„Also", wollte Franz wissen, „machst du es?"

Mühlenbeck überlegte eine Weile. Dann sagte er: „Na gut, ich kann es versuchen. Aber da komme ich mit 50 000 nicht hin. Ich muss eine erhebliche Menge Gras besorgen. Du weißt ja, erst 7,5 Gramm THC gilt als nicht minderer Besitz. Das beste Gras enthält niemals mehr als zehn Prozent. Im Durchschnitt sind es sogar nur zwei. Ich kann das vorher schlecht analysieren lassen. Das geht nicht. Ich muss also auf jeden Fall eine ausreichende Menge besorgen. Gehen wir von zwei Prozent THC-Gehalt aus, sind es etwa 400 Gramm. Zur Sicherheit sollte es das Doppelte sein. Oder auch eine richtig knallige Ladung, die ihn hinter Gitter bringt."

„Wieviel brauchst du dafür?"

Mühlenbeck trommelte mit den Fingern auf die Tischplatte, sah nach oben zur Zimmerdecke, schien zu kalkulieren. „30 000", sagte er schließlich.

„Gut. Bekommst du am Dienstag."

„Wann soll die Aktion starten?"

„Sobald wie möglich."

12

Das Wetter über die Ostertage war wechselhaft. Nur am Samstag hatte die Sonne geschienen, dann war es wieder grau und nasskalt. Amelie und Karl hatten überlegt weg zu fahren, es dann aber wegen der Osterstaus gelassen. „Lass uns im Mai etwas richtig Großes machen", hatte Karl vorgeschlagen. „Für vier oder fünf Monate. Ich fange danach bei dem Restaurator an. Du meldest dich zum Examen. Wer weiß, wann wir wieder einmal so frei sein können."

„Hmm. Und wohin?"

„Zelt ins Auto. Ab nach Süden. Frankreich, Spanien, Portugal. Vielleicht auch über Gibraltar nach Marokko. Teure Hotels sparen wir uns. Wir können wild zelten. Ab und zu mal auf einen Campingplatz. Einfach Vagabundenleben pur. Frei und ungebunden. Die Sierra Nevada in Spanien möchte ich auch mal kennenlernen, nicht nur die doofen Touristenorte an der Küste. Was hältst du davon?"

„Klingt gut. Wir müssen ja nicht direkt ins Erwerbsleben einsteigen. Wie ist das mit dem Geld? Haben wir genug dafür? Die blöden Mieten laufen weiter, Benzin ist auch nicht gerade billig, Autobahngebühren und so weiter."

„Autobahngebühren? Wir fahren Nebenstrecken. Wir haben ja Zeit. Die Nebenstrecken sind sowieso am schönsten. Und das Geld? 3500 bekomme ich für das Bild. Wenn ich dann bei dem Restaurator anfange, gibt es immerhin 800 im Monat. Er ist fair. Außerdem könnte ich ja noch weitere Bilder verkaufen. Aber das ist ungewiss."

„Dein Vater zahlt dir doch monatlich auch noch eine hübsche Summe."

„Damit muss Schluss sein. Ich werde zu ihm fahren, mit ihm reden, ihm sagen, dass ich seine Nachfolge nicht antrete und mit dem BWL-Studium aufgehört habe. Er kann nicht meinen Lebenslauf bestimmen. Ich will endlich ein reines Gewissen haben."

„Er wird enttäuscht sein."

„Das ist sein Problem. Ich kann mich nicht ein Leben lang wegen dem Geld verbiegen. Mit dem, was wir jetzt haben und bekommen werden, müssen wir zufrieden sein."

„Ich habe noch eine kleine Rücklage auf dem Konto", sagte Amelie. „Wir werden unterwegs nicht verhungern."

So verbrachte Karl die Tage in Amelies Wohnung. Nur einmal verließen sie das Haus, um einen kleinen exotischen Vorgeschmack auf ihr zukünftiges Abenteuer zu bekommen. Sie besuchten den Salon Casablanca in der Karl-Heine-Straße, bestellten sich Kisir, einen Couscoussalat, und Baklava, eine süße Teigware. So lernten sie zum ersten Mal die marokkanische Küche mit ihrer Mischung von Süßem und Pikantem kennen.

Ansonsten verließen sie das Haus nicht, hörten auch keine Nachrichten über Razzien, Attentate und Islamisten, was sowieso nur eine nervöse Stimmung erzeugte. „Ich kann das nicht mehr hören", sagte Karl, „das Gequatsche über Krisen, die die Deutschen wegen ihrer Waffenlieferungen mit verursacht haben."

Am Montagabend fuhr Karl in seine Wohnung zurück, um am nächsten Morgen weiter im Atelier zu arbeiten. Als er dann gegen neun Uhr aus dem Haus zu seinem Wagen ging, stutzte er. Da klebte zwischen Frontscheibe und Scheibenwischer ein zusammengefalteter Zettel. Er nahm ihn, faltete ihn auf, las: „Kaufe jedes Schrottauto zu einem guten Preis." Der Name eines Leipziger Autohändlers war angegeben. Adresse und Telefonnummer. „Idiot!" murmelte Karl. „Der Wagen ist ja gerade ein Jahr alt." Er knüllte den Zettel zusammen, ging ein paar Meter weiter zu einer Mülltonne, die vor einem Haus auf dem Bürgersteig stand, warf ihn hinein. Dann fuhr er ins Atelier.

13

Markus Mühlenbeck hatte seinen Wagen dieses Mal nicht in der Buttergasse geparkt, sondern für alle Fälle etwas weiter in der Huttenstraße. Niemand sollte auf die Idee kommen, ihn mit Leipzig in Verbindung zu bringen. Karl Moor zu folgen, würde nicht mehr notwendig sein. In der Pension hatte er sich wie beim ersten Besuch nicht ausweisen müssen, war wieder als Herbert Weiß aus Düsseldorf notiert worden. Das erste Mal hatte er noch eine genaue Adresse angeben müssen. Bilker Allee mit irgendeiner Nummer, die ihm gerade einfiel. Das würde das alte Mütterchen, dem die Pension gehörte, nicht nachprüfen. Bei dem Small-Talk mit ihr hatte er davon gesprochen, ein paar Termine mit dem Management der Leipziger Messe zu haben. Mehr wollte sie auch gar nicht wissen. Eine Vorauszahlung für die Unterkunft hatte er selbstverständlich in Bar geleistet. Als er zahlte, wäre ihm fast eine Peinlichkeit passiert. Der angeklebte Schnäuzer war verrutscht, drohte zu fallen. Aber sie hatte es nicht gesehen, zählte die Scheine.

An diesem Dienstagmorgen stand er am Fenster seines Zimmers, beobachtete das Haus schräg gegenüber. Er wusste nicht, ob sein Plan aufgehen würde. Moors Wagen, der rote Fiat mit dem Faltdach, war noch ziemlich neu. Es war eine Beleidigung, ihm einen fairen Verschrottungspreis anzubieten. Er würde ärgerlich sein, den Zettel zusammenknüllen und wegwerfen. Entweder achtlos auf den Boden oder in eine der Mülltonnen, die am Dienstagmorgen an den Häusern standen. Als Mühlenbeck vom Fenster aus beobachtete, wie Moor den Zettel nahm, auseinander faltete, las, den Kopf schüttelte, das Papier zusammenknüllte und in die nächste Tonne warf, lächelte er. Seine Kalkulation war aufgegangen. Er wartete, bis der rote Fiat verschwunden war, streifte sich Handschuhe über, verließ die Pension, ging zum Bürgersteig gegenüber. Er öffnete den Deckel der Tonne, sah oben auf dem Müll das zusammengeknüllte Papier liegen, griff es rasch, steckte es in seine Jackentasche und begab sich zurück auf sein Zimmer. Hier glättete er den Zettel, schnitt die obere Hälfte, auf der das Angebot des Autohändlers stand, ab. Auf die verbliebene Hälfte schrieb er in Druckbuchstaben: „Die Zahlung für die letzte Lieferung steht noch aus. Du weißt, was das bedeutet! Grüße von Milan." Den Zettel würde er wegen der Spurensicherung mit Tesafilm für einen kurzen Augenblick an die Ateliertür heften, ihn wieder abnehmen, zerknüllen und zusammen mit dem Marihuana in Karls Atelier deponieren. Der erste Teil der Arbeit war erledigt. Für den zweiten musste er nur warten, bis Moor wieder zu Hause war.

14

Gegen Mittag kam Karl Moor mit einem zufriedenen Lächeln auf den Lippen zurück. Siewert, der Restaurator, hatte ihn im Atelier angerufen, gefragt, ob er ihn für drei Tage begleiten und ihm assistieren könnte. Sein derzeitiger Praktikant war über die Ostertage zum Skilaufen in Österreich gewesen, hatte sich ein Bein gebrochen. Die Reise sollte ins Bergische Land gehen, nach Marienberghausen, gar nicht so weit von Köln und Bonn entfernt. Dort gab es eine romanische Kirche, deren verwitterte Fresken einem ersten Gutachten unterzogen werden sollten. Karl hatte sofort zugesagt. Wenn der Restaurator sogar Aufträge außerhalb von Sachsen bekam, dann sprach das für eine gute Wahl der Ausbildungsstelle. Bei dieser Gelegenheit könnte er auch weiter nach Mehlem fahren, mit dem Vater sprechen, ihm seinen Entschluss mitteilen. Karl hatte ein sicheres Gefühl, dass ihn der Vater verstehen würde. Musste nicht jeder seinen eigenen Lebensweg gehen, dem folgen, wozu man eine Neigung verspürte, mit Lust und mit Liebe bei der Sache war? War das nicht das Selbstverständlichste, zugleich aber auch Seltenste der Welt? Man durfte sich von der älteren Generation nicht einfach auf eine Schiene setzen lassen, auf der man bis zum Tode mit Missmut blieb und dann feststellte, sein Leben verpasst zu haben. Karl hatte zwar ein schlechtes Gewissen, nicht eher Klartext gesprochen zu haben. Aber er hatte bis zu der Begegnung mit dem Restaurator nicht gewusst, welchen Weg er einschlagen sollte. Er hatte nur gewusst, welchen Weg nicht. Er würde dem Vater auch anbieten, das Geld, das er nun seit einem Jahr unter falschen Voraussetzungen bekommen hatte, in kleinen Raten zurück zu zahlen. Er freute sich auf die Fahrt mit dem Restaurator, war gespannt, wie eine erste Untersuchung verwitterter Fresken aussah. Siewert hatte von UV- und Infrarot-Aufnahmen gesprochen, von einer Arbeit, die man besser zu Zweit als alleine machte. Ein weiteres Motiv aber war sicherlich, dass er ihn näher kennen lernen wollte. Schließlich sollte die Ausbildungszeit ja über ein oder sogar zwei Jahre gehen. Da war es verständlich, dass man den Kandidaten erst mal genauer unter die Lupe nahm. Am Abend wollte Karl Amelie treffen, ihr die gute Nachricht mitteilen. Jetzt aber wollte er zu Hause erst einmal im Internet nachforschen, was es mit dieser Kirche in Marienberghausen auf sich hatte.

‚Bunte Kirche' hieß sie im Volksmund, war romanischen Ursprungs, nach der Reformation aber evangelisch geworden und geblieben. Man hatte damals die Fresken übertüncht, um sich strenger Bilderlosigkeit hinzugeben, mehr das Wort als das Bild wirken zu lassen. Dann aber hatte man Anfang des 20. Jahrhunderts die versteckten Bilder unter der Tünche wieder entdeckt. Es kam zu einer ersten unvollständigen Freilegung und einem misslungenen Übermalungsversuch. Man entfernte die Übermalung wieder, und jetzt sollte es Siewerts Aufgabe sein, die alten Bilder behutsam und vollständig freizulegen. Karl studierte die Fotos, die man vom Innenraum der Kirche gemacht hatte, vom Chor und den Querschiffarmen, die verwitterten Fresken wirkten wie geheime Botschaften aus längst vergangener Zeit. Man konnte den Kampf des Heiligen Georg mit dem Drachen erahnen, sah den verblassten Reigen der zwölf Apostel und hätte unter den Fotos nicht gestanden, wer es sein sollte, er hätte es nicht gewusst. Jedem Apostel war ein besonderes Merkmal beigegeben, das Kennzeichen seines Martyriums, ein Schwert, eine Keule, ein Kreuz. Apostel musste ein gefährlicher Beruf gewesen sein. Nach dem Studium des Artikels über die ‚Bunte Kirche' im Oberbergischen schämte er sich dafür, über nichts Bescheid zu wissen. Weder über die architektonische Unterteilung einer Kirche noch über die Merkmale der Apostel. Von Ikonographie hatte er null Ahnung. Und so forschte er im Internet weiter nach, lernte die ersten Begriffe kennen, die er als künftiger Restaurator wissen musste. So würde er auch bei Siewert nicht als ungebildeter Dummkopf dastehen. Er versenkte sich in seine Studien, vergaß die Zeit. Es war Abend geworden. Er bemerkte es erst, als es an der Tür klingelte. Das würde Amelie sein. Er hatte vergessen, sie anzurufen, zu sagen, dass er sich am Abend selber auf den Weg machen würde. Er drückte auf den Summer, damit sich unten die Haustür öffnete, begab sich zurück zum Schreibtisch, setzte sich, ließ die Tür zu seiner Wohnung angelehnt. Auf dem Bildschirm war gerade eine Skulptur von Jakobus dem Älteren. Mit Hut, Muschel, Kalebasse, Pilgerstab. Karl wunderte sich, als es noch einmal klingelte. Er stand auf, ging durch den Flur, zog die Tür auf. Draußen standen zwei Männer mit einem Schäferhund an der Leine. Einer der beiden Männer hielt ihm einen Ausweis vor die Nase, sagte: „Brenner, Rauschgiftermittlung Leipzig. Neben mir ist mein Kollege Kowalski. Wir haben einen Durchsuchungsbeschluss. Bitte lassen Sie uns herein."

15

Markus Mühlenbeck stand am Fenster seiner Pension, beobachtete das Haus schräg gegenüber. Als das Polizeiauto vorfuhr, lächelte er. Sein Plan war aufgegangen. Die Aktion im Atelier hatte nur ein paar Minuten gedauert. Niemand hatte ihn gesehen. Die meisten Türen waren geschlossen. Nur vom Ende des Ganges kam aus irgendeinem der Räume Musik. Er hatte den Karton mit der

Ware kurz abgestellt, den Zettel mit Tesafilm an die Tür geheftet, ihn wieder abgenommen, zusammengeknüllt, den Klebestreifen dran gelassen. Die Spurensicherung würde bestimmt prüfen, ob der Zettel an der Tür gehangen hatte. Dann hatte Mühlenbeck rasch eine Plastikkarte zwischen Schloss und Türschlitz gezogen. Besondere Sicherungen gab es bei den Ateliers nicht. Da war nichts zu klauen. Jedenfalls nicht bei den weniger berühmten Malern. Bargeld hatten sie in der Regel dort nicht. Es waren eben Künstler. Den Karton mit den abgepackten Tüten hatte er hinter einen Stapel Leinwandrollen geschoben, die an die Wand gelehnt waren. Das Knäuel mit dem Tesafilm hatte er, so als sei es achtlos weggeworfen worden, dazugelegt. Dass er beim Verlassen die Ateliertür nicht wieder abschließen konnte, war weiter nicht schlimm. Moor hatte sie eben nicht verschlossen. Das Gegenteil würde er nicht beweisen können.

Über die Leipziger Drogenszene hatte Mühlenbeck sich genau informiert. Leipzig war ein heißes Pflaster, Dreh- und Angelpunkt im Freistaat Sachsen. Die Dealer kamen aus Polen und Tschechien. Man hatte die GER gegründet, die ‚Gemeinsame Ermittlung Rauschgift', eine Zusammenarbeit des Landeskriminalamts in Dresden mit den Leipziger Behörden. Die Ermittler hatten ihren Sitz in Leipzig, die so genannte Gruppe Westsachsen, mit jeweils fünf Beamtinnen und Beamten der Zollfahndung und der Landespolizei. Was nach seinem Anruf passieren würde, kannte Mühlenbeck aus eigener Erfahrung. Die würden sofort mit einem Spürhund beim Atelier auftauchen, es unverschlossen finden, hineingehen. Der Hund würde den Karton aufspüren, bellen, an den Leinwandrollen kratzen oder sich aber bei einem passiven Anzeigeverhalten davor setzen und in dieser Position verharren. Dass auf dem Karton nicht Moors Fingerabdrücke waren, bedeutete nichts. Er hatte sich die Ware eben ins Atelier kommen lassen und den Dealer angewiesen, den Karton hinter den Leinwandstapel zu schieben. Mühlenbeck selber hatte bei der ganzen Aktion Handschuhe getragen. Ihm würde man nichts nachweisen können. Der weitere Verlauf war klar. Die Beamten würden auch Moors Wohnung untersuchen, dort nichts finden, ihn aber mitnehmen. Und dann wäre es für Karl Moor schwer oder sogar unmöglich, seine Unschuld zu beweisen und den Kopf aus der Schlinge zu ziehen. Zehn Minuten nur, nachdem die Beamten mit dem Hund ins Haus gegangen waren, kamen sie auch wieder heraus. Einer hatte einen Laptop unter den Arm geklemmt, der andere öffnete die hintere Wagentür, drückte Moors Kopf herunter. Ob der Sohn des Bankhauses mit Handschellen gefesselt war, vermochte Mühlenbeck nicht zu erkennen. Aber der Auftrag war erledigt. Markus Mühlenbeck grinste, entfernte sich von der Gardine, öffnete den Kühlschrank, genehmigte sich eine Flasche Bier. Die Sache war gelaufen.

16

„Wer ist Milan?" wollte Hauptkommissar Brenner wissen. „Wenn Sie kooperieren, wirkt sich das strafmildernd aus. Vielleicht nehmen wir Sie sogar ins Kronzeugenprogramm auf. Dann kommen Sie ohne Haftstrafe davon. Bei der Menge, die wir bei Ihnen gefunden haben, muss ein größerer Schmugglerring dahinter stecken."

„Ich habe keine Ahnung", antwortete Karl leise. „Dieses Zeug ist nicht von mir."

Sie saßen in einem karg eingerichteten Raum an einem Tisch. Brenner, Kowalski und Moor. Vor ihm stand ein Aufnahmegerät. Kowalski rührte mit einem Löffel in einer Tasse, nahm ab und zu einen Schluck Kaffee, sah Karl mit einem durchdringenden, bisweilen spöttischen Blick an. Einmal bemerkte er: „Von nichts eine Ahnung, nicht wahr! Uns machen Sie hier nichts vor." Brenner dagegen wirkte etwas nachdenklicher. Offensichtlich dachte er über ein paar Ungereimtheiten nach. „Wieso schließen Sie Ihr Atelier nicht ab, wenn Sie drinnen eine so heiße Ware haben?" – „Ich habe es abgeschlossen." – „Behaupten Sie!" warf Kowalski ein.

„Wie erklären Sie sich, dass wir Ihre Fingerabdrücke auf dem Zettel gefunden haben und sonst keine anderen Abdrücke?" fragte Brenner.

„Ich weiß es nicht. Ich kann es mir nicht erklären. Ich habe diesen Zettel nie in der Hand gehabt."

„Ja, ja", bemerkte Kowalski. „Das war der Osterhase, der zufällig die gleichen Abdrücke hinterlässt wie Sie."

„Haben Sie in letzter Zeit irgendwann, irgendwo einen Zettel in der Hand gehabt, ihn weggeworfen oder liegengelassen?" hakte Brenner nach.

Karl strich sich mit der Hand über die Stirn. „Ja, klar!" sagte er. „Das war heute Morgen. Da klebte an der Windschutzscheibe ein Zettel. ‚Kaufe Ihren Schrottwagen zu einem fairen Preis.' Mein Wagen ist noch fast neu. Ich habe den Zettel zusammengeknüllt, weggeworfen. In eine Mülltonne, die in der Nähe vor einem Haus stand."

„Wie groß war dieser Zettel?"

Karl überlegte kurz. „Etwa DIN A5. Aber ich habe nicht genau darauf geachtet. Ich fand den Vorschlag absurd, meinen Wagen verschrotten zu lassen."

Kowalski schüttelte den Kopf. „Klaus, das führt zu nichts", bemerkte er zu seinem Kollegen. „Der tischt uns hier eine abstruse Geschichte auf. Der Fall ist sonnenklar."

Brenner nickte. „Ja, sieht tatsächlich so aus. Herr Moor", fragte er weiter. „Haben Sie irgendwelche Feinde? Können Sie sich vorstellen, dass Ihnen jemand etwas anhängen, Sie aus dem Weg räumen will? Gibt es Konkurrenz unter den Künstlern in der alten Spinnerei?"

„Unter den Künstlern? Nein. Kann ich mir nicht vorstellen. Und sonst? Ich weiß nicht, wer mir so etwas anhängen will. Da ist niemand."

„Ist vielleicht Eifersucht im Spiel? Sie haben eine Freundin?" erkundigte sich Brenner.

„Ja. Aber da hat es noch nie irgendeinen Vorfall gegeben, ich meine, da ist noch nie ein anderer Mann aufgetaucht, der Interesse an Amelie gezeigt hat. Doch, ja. Da fällt mir ein, wir waren vor etwa einer Woche, so genau weiß ich das nicht mehr, im Bistro der Spinnerei. Ein paar Tische weiter saß ein Mann. Von dem fühlte sich Amelie beobachtet. Sie hat mich extra darauf hingewiesen."

„Und?"

„Ich habe mich kurz umgedreht, zu dem Tisch gesehen. Aber der Mann hatte uns gar nicht beachtet, war mit seinem Smartphone beschäftigt."

Kowalski machte eine ärgerliche, wegwischende Handbewegung. „Das sind doch dünne Geschichten. Sie wollen sich jetzt mit irgend etwas herausreden. Zettel am Auto, Mann im Bistro. So ein Unsinn. Das Paket mit dem Marihuana hat der Weihnachtsmann gebracht, und Sie dachten, da sei Schokolade drin."

„Auf dem Karton sind nicht die Fingerabdrücke von ihm", gab Brenner zu bedenken.

„Na und?" entkräftete Kowalski den Einwand. „Der Bote hat es ihm ins Atelier gebracht und auf Anweisung hinter die Leinwandrollen geschoben."

„Möglich", gab Brenner zu. „Herr Moor, Sie überlegen sich unser Angebot noch einmal. Sie haben ja genug Zeit zum Nachdenken. Das wär's für heute. Ach, eins noch. Soll ich Ihre Familie benachrichtigen?"

„Nein, bitte nicht! Das mache ich selbst."

Kowalski stand auf, verließ kurz den Raum, gab die Anweisung, Karl Moor abzuführen. Als er zurückkam meinte er zu seinem Kollegen: „Der Fall ist doch klar. Da musst du nicht so rumeiern."

„Ich weiß nicht", entgegnete Brenner. „Die Geschichte ist mir zu glatt. Er wirkt auf mich nicht wie ein abgebrühter Dealer. Mein Eindruck spricht dagegen."

„Wir dürfen uns nicht von Gefühlen leiten lassen, sondern von Tatsachen. Der Kerl wandert für ein paar Jahre in den Knast und damit Basta!"

17

Man hatte Karl dem Haftrichter zugeführt, der ihn ohne zu zögern wegen Flucht- und Verdunkelungsgefahr in Untersuchungshaft schickte. Über einige Rechte war er aufgeklärt worden. Er durfte telefonieren, indes keine Gespräche empfangen. Briefe schreiben konnte er so viel er wollte. Pakete durfte er auch bekommen. Die aber würden kontrolliert werden. Besuch war entsprechend der Besuchszeiten erlaubt. Seine Zelle war acht Quadratmeter groß, hatte ein Bett, einen Schrank, Tisch, Stuhl, ein Regal, Waschbecken und eine als ‚Wohnklo' bezeichnete Toilettenschüssel. Seine eigene Kleidung durfte er als Untersuchungshäftling anbehalten. Er war nicht zur blauen Anstaltskleidung verpflichtet. Ein paar persönliche Gegenstände durfte er sich bringen lassen. Ein paar Bücher, einen Fernseher.

So saß er am ersten Abend auf der Kante seiner Pritsche, hatte den Kopf in die Hände gelegt, grübelte. Wer hatte ihn in dieses Verhängnis gestürzt? Warum? Er fand keine Antwort. Er ging alle Personen, die er kannte, der Reihe nach durch, schüttelte jedes Mal den Kopf. Die Rote aus dem Nachbaratelier, weil sie neidisch auf sein verkauftes Bild war? Da hatte es doch manchmal nach Gras gerochen? Aber sie zu verdächtigen war absurd. Hatte es mit seinem Vaterhaus zu tun? Mit den Zwillingen? Er konnte sich das nicht vorstellen. Wollte man den Ruf des Bankhauses schädigen und hatte ihn dazu ausgesucht? War er Opfer einer Verwechslung geworden? Wollte ihn ein Nebenbuhler, den er nicht kannte, ausschalten? Hatte so etwas wie Karma zugeschlagen und er sollte für irgend etwas aus der Vergangenheit büßen? Aber für was? Oder steckte doch der Mann dahinter, der sie im Bistro beobachtet haben sollte? Auf nichts konnte sich Karl einen Reim machen. Ein rätselhaftes Verhängnis war über ihn hereingebrochen. Er war zu deprimiert, um an diesem Tag noch etwas regeln zu können. Einige Telefonate würde er am nächsten Tag erledigen. Amelie musste benachrichtigt werden, und dann hätte er auch mit einem Anwalt zu sprechen. Vielleicht würde der wissen, wie der Kopf aus der Schlinge zu ziehen war. Vor einem Anruf bei seinem Vater fürchtete er sich. Er wusste, dass es um dessen Gesundheit nicht zum Besten bestellt war. Und was sollte er dem Vater sagen? Wie dieses Unglück erklären? Würde man ihm überhaupt glauben? Gab es irgendeinen Beweis für seine Unschuld? Von den beiden Polizisten schien ihm am ehesten noch dieser Brenner zugänglich gewesen zu sein. Für den anderen, Kowalski, war die Geschichte klar. Wer hatte den Hinweis gegeben, dass sich in seinem Atelier Marihuana befinden sollte? Dazu hatten die beiden Polizisten geschwiegen. Hatte jemand bei ihnen angerufen oder anonym geschrieben? Karl war sich ganz sicher, die Tür zu seinem Atelier abgeschlossen zu haben. Wer hatte sich Zutritt verschafft, die Tür dann unverschlossen gelassen? Er wusste keine Antwort, hatte noch nicht einmal einen vagen Verdacht. Erst gegen Mitternacht schlief er ein.

18

Franz Moor ließ seinen Ferrari noch einmal aufröhren, bevor er den Motor abstellte und ausstieg. Am Eingang zur Villa wurde er von Fritz erwartet. „Wie ist es gelaufen?" fragte der.

Franz lächelte, näherte sich dem Ohr des Zwillingsbruders: „Mühlenbeck hat gut gearbeitet. Die haben Karl kassiert Wir treffen uns im Pavillon. Da können wir ungestört reden. Nicht hier."

Fünf Minuten später trafen sich die Brüder im Gartenhaus. Fritz goss sich einen Whisky ein. Franz berichtete von seinem Treffen mit dem Privatdetektiv.

„Wie soll der Alte es erfahren?" fragte Fritz. „Wäre es nicht am besten durch die Zeitung? Schlagzeile: ‚Karl Moor in Leipzig verhaftet'. Da gibt er direkt den Löffel ab, wenn er das liest."

Franz schüttelte den Kopf. „Nein. Das schadet der Reputation der Bank. Der Alte soll es erfahren, nicht die Öffentlichkeit. Er bekommt es als wohl dosiertes Gift. Zuerst teile ich ihm mit, dass Karl nicht zu erreichen ist. Im Knast darf er kein Handy haben."

„Du hast Mühlenbeck das ganze Geld gegeben?"

„Eine Anzahlung. Den Rest bekommt er, wenn unser Bruder gut verwahrt ist. Mühlenbeck meint, mindestens für drei Jahre. Wir haben genug Zeit, um alles zu regeln."

„Wie gehen wir weiter vor? Ich meine, wenn du dem Alten gesagt hast, dass Karl nicht zu erreichen ist."

„Ich werde nach Leipzig fahren, Amelie treffen. Sie wird ja wissen, was mit Karl los ist. Dann kann ich dem Alten weiter berichten."

„Du weißt, wo sie wohnt?"

„Mühlenbeck hat es herausgefunden."

Fritz verzog das Gesicht. „Du wirst alleine fahren?"

„Natürlich. Sieht doch komisch aus, wenn wir in Leipzig zu Zweit auftauchen."

„Gefällt mir nicht, wenn du mit der Amelie alleine bist."

„Einer muss den Anfang machen. Du etwa?"

19

Sie kam sich vor wie auf dem Flughafen, wenn es durch die Sicherheitsschleuse ging. Sie wurde gescannt, von einer Wärterin abgetastet, die Tasche, in die sie ein paar Sachen für Karl gepackt hatte, genau durchsucht. Nur ging es dieses Mal nicht zu einem Flug nach Kreta oder auf eine der

Kanarischen Inseln, sondern in den Besucherraum der Justizvollzugsanstalt Leipzig. Sie verstand immer noch nicht, was Karl ihr am Telefon erzählt hatte. Sie konnte es nicht glauben. Karl und Marihuana. Das hätte sie doch gemerkt. Vor zwei Jahren, da hatten sie auf Gomera mal einen Joint probiert. Karl hatte nur ein paar Züge genommen, gesagt: „Mir wird ganz komisch im Kopf. Das ist nichts für mich." Sie hatte zugestimmt. Es gab bessere Weisen, sich zu amüsieren. Und jetzt sollte er sogar mit dem Zeug gedealt haben. Von seiner Unschuld war sie nicht nur überzeugt. Sie wusste es. Es konnte nicht sein. Aber was steckte dahinter?

Eine einzige Nacht in der Zelle konnte einen Menschen verändern. Karl sah bleich aus, verwirrt wie ein Tier, das in eine Falle geraten war. So hilflos hatte sie ihn noch nie gesehen. Sie war als Erste im Besucherraum, hatte sich an den Tisch gesetzt, war spontan aufgestanden, als er kam, hatte ihn umarmt, bis das Veto des Wärters der Berührung ein Ende setzte.

Ihr Gespräch kreiste um das ‚Wer?'. Wer konnte dahinter stecken? Und vor allem ‚Warum?'.

„Der Mann im Bistro", sagte Amelie. „Ich habe es gespürt. Mit dem stimmte etwas nicht. Er hat uns die ganze Zeit beobachtet."

Karl zuckte mit den Schultern. „Wir kennen ihn nicht. Wir haben ihn vorher nicht gesehen. Danach auch nicht mehr. Es könnte Zufall sein, Einbildung. Warum sollte er uns beobachtet haben?"

„Gibt es jemanden von den anderen Ateliers? Jemand, der dir den Verkauf des Bildes neidet, dich für einen Konkurrenten hält?"

„Wie denn? Ich mache niemandem Konkurrenz. Ich bin der einzige, der Freskotechnik auf Leinwand probiert. Die anderen machen in Öl oder Acryl. Nein, von denen ist das bestimmt niemand. So eine Mafiamethode gibt es da nicht. Außerdem muss da viel Geld hinter stecken. Ein ganzes Kilo! Das muss man erst einmal besorgen. So viel Kohle hat von denen keiner."

„Könnte es mit der Bank zu tun haben? Mit den Waffengeschäften? Dass da jemand eure Bank in Misskredit bringen, ein Geschäft hintertreiben will?"

„Warum suchen sie dann mich aus? Ich habe mit der Bank nichts zu tun. Da würden sie doch eher meinen Vater ins Visier nehmen. Nein, das scheidet aus."

„Was kann ich für dich tun?" fragte sie hilflos.

„Besorge mir einen guten Anwalt. Vielleicht kann der ja noch was retten."

20

Zwei Tage nach Amelies Besuch kam ein Anwalt. Er legte eine Aktentasche auf den Tisch, sagte: „Herr Moor, damit wir uns klar verstehen, ich muss als Ihr Anwalt die Wahrheit wissen. Alle Fakten sprechen gegen Sie. Es gibt kein Motiv, dass Ihnen jemand etwas in die Schuhe schieben will. Es gibt nur den großen Unbekannten aus dem Bistro.

Das ist zu wenig. Ich kann für Sie nur etwas erreichen, wenn Sie mir die Umstände schildern, wie Sie in dieses Geschäft hinein geraten sind. So kann ich ein oder zwei Jahre für Sie heraushauen."

„Dazu brauche ich keinen Anwalt", antwortete Karl. „Ich bin unschuldig. Ich habe mit der Sache nichts zu tun."

„Ja, ja, das sagen sie alle. Bitte unterschreiben Sie. Dann kann ich etwas für Sie tun." Der Anwalt schob ihm ein Formular zu. „Hier unten bitte!"

„Ich verteidige mich lieber selbst. Ich brauche Sie nicht."

„Sie müssen aber einen Verteidiger haben."

„Aber nicht Sie!"

Damit war der Besuch beendet.

Einen Tag nach der Vorstellung des Anwalts kam Brenner, der Hauptkommissar.

„Herr Moor", sagte er. „Ich bin gekommen, weil ich nicht vollständig von Ihrer Schuld überzeugt bin. Auch wenn die Fakten allem Anschein nach dafür sprechen. Als Dealer fallen Sie aus dem Raster."

„Was spricht denn für mich?"

„Ich habe mich über Sie informiert", fuhr Brenner fort. „Wir wissen, dass Sie jeden Monat 3000 Euro überwiesen bekommen. Die stammen von einem Bankhaus Moor. Ich denke, das ist Ihre Familie. Richtig?"

„Ja. Die Überweisungen sind von meinem Vater."

„Sie hätten es also gar nicht nötig, mit Drogen zu handeln."

„Natürlich nicht."

„Das ist selbstverständlich kein Beweis für Ihre Unschuld", fuhr Brenner fort. „Es ist nur ein kleiner Hinweis, dass der Fall vielleicht ganz anders liegen könnte."

„Wer hat Ihnen eigentlich den Tipp gegeben, dass in meinem Atelier Marihuana sein soll?" wollte Karl wissen.

„Es war ein anonymer Anruf. Vom Leipziger Hauptbahnhof. Ein öffentlicher Apparat. Wir wissen nicht, wer es war. Eine männliche Stimme."

„Was hat er gesagt?"

„Er mache sich Sorgen um seinen Sohn. Der arbeite als Künstler in der alten Baumwollspinnerei und würde sich bei Ihnen regelmäßig ein Tütchen abholen. Er hat Ihren Namen genannt. Wir sollten das Nest endlich ausheben. Dann hat er aufgelegt. Es war ein sehr gezielter Hinweis. Zu gezielt vielleicht."

Der Kommissar schwieg eine Weile, sah Karl aufmerksam an. Dann fragte er: „Können Sie den Mann aus dem Bistro beschreiben? Sie erwähnten ihn im Verhör."

Karl schüttelte den Kopf. „Wie denn? Ich habe mich nur kurz umgedreht. Er saß zwei Tische hinter mir. Ich wollte nicht auffällig hinstarren. Außerdem hielt ich es für bedeutungslos."

„Und Ihre Freundin? Sie konnte ihn besser beobachten?"

„Ja. Sie saß mir gegenüber, hat ab und zu einen Blick auf ihn geworfen."

„Gut. Dann verraten Sie mir bitte den Namen und die Adresse Ihrer Freundin. Ich werde nach ihrer Beschreibung ein Phantomfoto anfertigen lassen. Das ist alles, was ich im Moment für Sie tun kann. Es ist die bekannte Suche nach der Nadel im Heuhaufen. Sie werden sich hier noch etwas gedulden müssen."

„Wie lange?"

„Ich weiß es nicht. Ich werde mit dem Staatsanwalt sprechen, um Aufschub für den Gerichtstermin bitten."

„Warum tun Sie das eigentlich für mich?" fragte Karl. „Es scheint doch alles klar zu sein. Sie haben Ihren Fahndungserfolg, müssten sich diese Mühe gar nicht machen."

„Sie kennen den Fall Czybulla?" fragte Brenner. „Horst Czybulla. Vielleicht haben Sie es in der Zeitung gelesen. Vor zwei Jahren."

„Nein. Was ist damit?"

„Czybulla wurde mit einem Kilo Kokain erwischt. Es war im Kofferraum seines Wagens. Wir hatten einen anonymen Hinweis bekommen, gingen von einer konkurrierenden Bande aus, die ihn denunzieren wollte. Czybulla hatte geschäftlich öfter in Danzig zu tun. Der Tipp kam, als er auf der Rückfahrt nach Leipzig war. Wir haben ihn auf deutschem Boden abgefangen. Der Fall schien sonnenklar, auch wenn er alles bestritten hat. Ein Jahr später kam heraus, dass der Liebhaber seiner Frau dahinter steckte. Aber da hatte sich Czybulla schon in seiner Zelle erhängt."

„Verstehe. Das wollen Sie nicht noch einmal erleben."

„Ich war der ermittelnde Kommissar."

21

Er lächelte, sagte: „Ich bin Franz, bevor du nach dem Namen fragen musst."

Es hatte geklingelt. Sie hatte den Summer für die Haustür betätigt. Jetzt stand er vor ihrer Wohnungstür. Sie sah ihn erstaunt an. „Du? Hier in Leipzig?"

„Ja", antwortete er. „Was ist mit Karl? Wir machen uns Sorgen, vor allem der Vater. Unser Bruder ist weder auf dem Handy noch im Festnetz zu erreichen. Eine Mail, die ich ihm geschickt habe, hat er auch nicht beantwortet. Auch scheint er den Geburtstag unseres Vater vergessen zu haben. Das war vor zwei Tagen. Das ist überhaupt nicht seine Art. Das hat er noch nie gemacht."

„Entschuldigung, komm doch rein!" forderte Amelie ihn auf. Er folgte ihr in die Küche, wo sie einen Kaffee aufsetzte. Während sie die Maschine bediente, begann sie zu erklären. „Karl kann nicht angerufen werden. Er könnte sich zwar melden. Aber wahrscheinlich schämt er sich, will erst abwarten. Er will euren Vater nicht mit einer schlimmen Nachricht belasten."

„Schlimme Nachricht? Was ist denn passiert?"

„Karl sitzt in Untersuchungshaft. Jemand hat ihm Marihuana ins Atelier geschmuggelt und dann die Rauschgiftfahndung alarmiert."

Franz strich sich mit der Hand über die straff nach hinten gekämmten Haare, sah Amelie mit einem verblüfftem Gesichtsausdruck an. „Noch einmal! Ich versteh das nicht. Untersuchungshaft? Marihuana? Welches Atelier?"

„Karl wollte es euch eigentlich selber sagen. Aber jetzt ist es auch egal. Er hat sein BWL-Studium abgebrochen, hat sich hier in Leipzig in einer alten Fabrik einen Atelierraum gemietet. Er will Maler beziehungsweise Restaurator werden. Und in diesem Atelier hat ihm jemand Marihuana untergeschoben. Einen ganzen Karton."

„Untergeschoben? Weiß man wer?"

„Nein, das weiß man nicht."

„Lass uns ins Wohnzimmer gehen", sagte Franz, wobei er sich Mühe gab, seiner Stimme einen erschütterten Tonfall zu geben. „Ich muss mich erst einmal setzen. Hast du zu dem Kaffee vielleicht auch etwas Alkoholisches?"

„Ich kann dir nur ein Glas Wein anbieten."

Franz winkte ab. „Lass mal. Es muss auch ohne gehen."

Sie führte ihn in den Wohnraum, der zugleich auch Arbeitszimmer war, zeigte auf eine Sitzecke mit Couchtisch, zwei Sesseln und einem Sofa, verschwand wieder in die Küche, kam nach einer kurzen Weile mit einem Tablett zurück, schob Franz eine Tasse zu, goss Kaffee hinein. „Milch und Zucker musst du dir selbst nehmen. Wenn du rauchen möchtest, bringe ich dir einen Aschenbecher."

„Danke, ich rauche nicht." Er schwieg einen Augenblick, dann nahm er das Gespräch wieder auf. „Ich habe Karl noch nie Gras rauchen gesehen. Das muss alles ein Irrtum sein."

„Man wirft ihm ja auch nicht vor, selber zu rauchen. Er soll mit dem Zeug angeblich dealen."

Franz schüttelte den Kopf, schlug sich mit der Hand an die Stirn. „Unmöglich. Karl und dealen? Niemals!"

„Ich kann das auch nicht glauben. Aber wie will er seine Unschuld beweisen? Neben dem Karton mit dem Marihuana lag ein zusammengeknüllter Zettel mit einer Art Drohung. ‚Die Zahlung für die letzte Lieferung steht noch aus. Du weißt, was das bedeutet! Grüße von Milan.' Auf dem Zettel waren Karls Fingerabdrücke."

„Er hat ihn also in der Hand gehabt und dann neben den Karton gelegt? Seltsam. Wie erklärt er das?"

„Wie erklärt er das?" Amelie wiederholte die Frage, zögerte mit einer Antwort, sagte dann: „Er kann es nicht erklären."

„Er hat einen Anwalt?"

„Ich hatte ihm einen besorgt. Karl hat ihn abgelehnt, weil er nicht von seiner Unschuld überzeugt war. Er wollte nur auf ein milderes Urteil hinwirken."

„Wir werden ihm einen Anwalt besorgen. Den besten, den es in Deutschland gibt. Die Kosten spielen keine Rolle. Ermittelt die Polizei überhaupt noch, oder ist das erledigt?"

„Ich weiß nicht", antwortete sie. „Wahrscheinlich ist es erledigt. Der Fall scheint ja klar. Wie soll man denjenigen finden, der das getan hat? Niemand hat ihn gesehen. Es gab nur einen anonymen Anruf vom Leipziger Bahnhof aus, von einem öffentlichen Apparat. Eine männliche Stimme."

„Hmmm. Da sitzt unser Bruder ja verdammt noch mal in der Scheiße. Das tut mir leid. Aber gut, dass er sich nicht beim Vater gemeldet hat. Der hätte den Schock nicht überlebt. Es geht sowieso rasant mit seiner Gesundheit bergab. Diabetes, Bluthochdruck, immer wieder muss er die Dosis für die Betablocker erhöhen. Außerdem braucht er einen neuen Herzschrittmacher. Ich weiß nicht, ob man ihm erzählen darf, was mit Karl passiert ist. Kann man ihn besuchen? Wo ist das überhaupt?"

„Justizvollzugsanstalt Leipzig, in der Leine-straße. Die Besuchszeiten schreibe ich dir auf. Das ist vormittags und dann ab halb eins bis drei. Du musst vorher aber bei dem Besuchsdienst anrufen. Die Nummer schreibe ich dir auch auf. Es sind allerdings nur vier Stunden im Monat erlaubt. Ich weiß nicht, ob du diesen Monat noch mit ihm reden kannst. Und wenn, musst du wissen, dass ihr auch akustisch überwacht werdet. Du darfst da also nicht einfach irgend etwas sagen. Du musst vorher überlegen."

Franz sah sie mit einem vorwurfsvollen Blick an. „Ich bin nicht Fritz!"

„Meinte ich so ja auch nicht. Man muss aufpassen, dass man nichts Belastendes sagt. Es ist eine sehr seltsame Situation."

„Kann ich ihm etwas mitbringen? Etwas Leckeres zum Beispiel."

„Nein. Das geht nur über die Vermittlung der Anstalt und darf zehn Euro nicht übersteigen. Das ist der so genannte Tagesvergütungssatz."

„Karl arbeitet? Hört man ja manchmal, dass die Gefangenen irgendeiner Beschäftigung nachgehen müssen."

„Nein. Für die Untersuchungshaft gilt das nicht."

„Und Geld?"

„Muss überwiesen werden. Schreibe ich dir auch auf. Ich glaube, die maximale Höhe sind 150 Euro. Ich habe ihm bereits 100 Euro überwiesen. Fünfzig hat er seinem Zellennachbarn gegeben. Der hat nämlich keine Familie. Niemand kümmert sich um ihn."

„Typisch Karl", bemerkte Franz. „Der konnte schon früher an keinem Bettler vorbei gehen, ohne ein paar Euro aus der Tasche zu holen."

„Er macht sich eben nichts aus Geld. Er freut sich aber, wenn du kommst."

Franz sah auf die Uhr. „Jetzt ist es zu spät. Ich werde mich morgen um alles kümmern. Müsste mir ein Hotel besorgen oder... hmm..." Er sah Amelie fragend an.

„Nimm dir ein Hotel", sagte sie rasch. „Es gibt genug in Leipzig. Das nächste ist in der Körnerstraße, Hotel Markgraf. Hat vier Sterne, ist aber trotzdem günstig. Da hast du auch eine Tiefgarage für deinen Ferrari."

Franz versuchte, seine Enttäuschung zu verbergen, aber es gelang ihm nicht ganz.

„Es ist besser so", schob Amelie nach. „Sei mir nicht böse. Wenn Karl hier wäre, wäre es etwas anderes."

22

„Täubchen, dich bekomm ich schon!" murmelte Franz Moor, als er in seinem Wagen saß. „Hotel! So ein Schmarren!" Er startete den Motor, fuhr in flottem Tempo los. Er hatte die Stadt noch nicht verlassen, da nahm er den Zettel, auf dem Amelie die Daten der Anstalt notiert hatte, ließ die Seitenscheibe herunter, wollte ihn wegwerfen. Dann überlegte er es sich anders, schloss die Scheibe, steckte den Zettel wieder in die Jackentasche. Sollte der Alte sich damit rumschlagen, im Gefängnis anrufen, am besten beim Direktor, nach Karl fragen. Er durfte bloß nicht mit Amelie reden, sich das Geplärre von der Unschuld anhören und am Ende noch glauben, dass sein lieber Karl unschuldig sei. Franz hatte nicht vorgehabt, seinen Bruder zu besuchen. Diese Schauspielrolle schien ihm zu gewagt. Am Ende kämen ihm noch echte Tränen. Der Besuch in Leipzig hatte erst einmal seinen Zweck erfüllt. Er war jetzt sozusagen Augenzeuge des Geschehens, konnte aus erster Quelle berichten. Dass er Franz nicht besucht hatte, war leicht zu begründen. Der Besucherdienst hatte ihn auf den nächsten Monat verwiesen. Karl hatte eben, was Besuch betraf, sein Limit schon erreicht.

Bald hatte er Halle an der Saale passiert, etwas später Sangerhausen, schließlich Kassel, fuhr an Dortmund vorbei, fluchte, wenn mal wieder einer die linke Spur blockierte. Zehn Kilometer vor Köln, stellte er das Fluchen ein, ergab sich in den üblichen Stau. Ansonsten war er zufrieden. Mühlenbeck hatte ausgezeichnete Arbeit geleistet. Franz sah nirgendwo eine Schwachstelle, wo es der Polizei gelingen konnte, ihnen etwas nachzuweisen. Für Karl und auch den besten Anwalt der Welt würde es unmöglich sein, eine Haftstrafe zu verhindern. Den Rest des vereinbarten Honorars würde er aber trotzdem erst nach dem Urteil zahlen. Mühlenbeck musste sich erst einmal mit 10 000 zufrieden geben. Wie es jetzt weiter gehen würde, war weniger exakt zu kalkulieren. Jetzt spielte der Faktor Mensch und Gefühl eine besondere Rolle. Der Alte würde erschüttert sein. Aber ob er dann wirklich den Notar ins Haus bestellen würde, um das Testament zu ändern, das war ungewiss, nicht erzwingbar. Karl würde das Bankhaus nicht übernehmen können. Obgleich nicht ausgeschlossen war, dass auch ein Vorbestrafter Bankdirektor wurde.

Wie sollte er jetzt mit dem Alten weiter verfahren? Auf jeden Fall musste der stabil gehalten werden, bis der Notar gekommen war. Danach konnte es mit der Gesundheit bergab gehen. Nach sechs Stunden hatte Franz Bonn erreicht, kurz darauf Mehlem. Es war kurz nach Mitternacht. Er fuhr leise vor, ließ den Motor dieses Mal nicht ein letztes Mal aufröhren, begab sich in das Büro, das er mit seinem Zwillingsbruder teilte. Fritz würde wahrscheinlich im Pavillon sein, neben irgendeiner Mieze schnarchen. Im Büro fuhr Franz den Computer hoch, studierte die Bilanz der Kreditabteilung Moor, überlegte, wie man die entstandenen Löcher auffüllen konnte. Im Grunde waren das nur läppische Zahlenmanipulationen. Der Alte würde nicht dahinter kommen. Vor allem nicht, wenn sein Lieblingssohn Karl ihm Herz und Verstand angegriffen hatte.

23

Maximilian Moor musterte beim Frühstück den Anzug von Fritz, warf einen tadelnden Blick auf die Krawatte. „Du machst Knoten wie bei einem Schiffstau. Geht das nicht ordentlicher? So wirst du nie einen Geschäftstermin wahrnehmen können."

„Der Spiegel im Bad war noch beschlagen", redete Fritz sich heraus.

„So etwas beherrscht man blind", erwiderte der alte Moor.

Franz, der gegenüber dem Bruder am Frühstückstisch saß, warf einen gottergebenen Blick an die Decke des Raumes, sagte aber nichts.

„Und warum überhaupt trägst du Schwarz?" fuhr Moor fort. „Ist jemand gestorben?"

„Nein. Aber es ist kein erfreulicher Tag. Lass es dir von Franz erzählen."

Maximilian Moor hob die Augenbrauen. „Ihr habt mal wieder ein Geschäft versaut. Richtig?"

„Nein Vater", schaltete sich jetzt Franz ein. „Es ist wegen Karl. Ich war gestern in Leipzig."

„Was ist mit Karl?"

„Hast du deine Medizin schon genommen?"

„Die bringt mir Daniel gleich ins Büro", antwortete Moor wirsch. „Also, was ist?"

„Nimm sie lieber jetzt. Du wirst nichts Erfreuliches zu hören bekommen."

„Schmarren! Ich bin kerngesund."

„Wie du meinst. Ich war wegen Karl in Leipzig…"

„Sagtest du schon."

„Wir hatten uns Sorgen gemacht. Karl war telefonisch nicht zu erreichen, hat auch keine Mail beantwortet. Außerdem hatte er deinen Geburtstag vergessen."

Maximilian Moor machte eine wegwerfende Handbewegung. „Ach, den feier ich doch schon lange nicht mehr. Also, was ist mit Karl?"

„Ich konnte ihn nicht erreichen. Ich habe mit Amelie gesprochen. Sie hat mir alles erzählt."

„So? Was denn? Spann mich nicht auf die Folter!"

„Karl hat sein Studium abgebrochen, hat gesagt ‚Ich pfeife auf die Bank. Es gibt auch andere Wege, um an Geld zu kommen.' Jetzt sitzt er in Leipzig im Gefängnis. Er hat mit Drogen gedealt. Er wird mindestens für fünf Jahre hinter Gitter kommen."

„Das ist nicht wahr. Das kann Karl nicht gemacht haben."

„Doch. Wenn du es nicht glaubst, rufe im Gefängnis an, sprich mit dem Direktor oder dem Besuchsdienst. Hier ist ein Zettel, auf dem steht alles drauf. Adresse, Telefonnummer. Überzeuge dich selbst."

Franz holte den Notizzettel aus der Tasche seines Jacketts, reichte ihn seinem Vater. Der faltete ihn auseinander, tastete in der Brusttasche nach seiner Brille, setzte sie auf, las. Die Zwillingsbrüder beobachteten, wie er blass wurde, seinen Teller beiseite schob. Maximilian Moor stand wortlos auf, ging mit dem Zettel nach nebenan ins Büro. Nach einer Weile hörten sie ihn sprechen. Franz stand ebenfalls auf, verließ das Frühstückszimmer, suchte Daniel, fand ihn in der Küche. „Der Vater braucht jetzt seine Medizin. Es geht ihm nicht gut. Ruf für alle Fälle auch unseren Hausarzt Dr. Krämer an. Er soll kommen." Franz ging zurück, setzte sich wieder an den Tisch seinem Bruder gegenüber. „Der Alte spricht immer noch", flüsterte Fritz. Franz legte den Zeigefinger auf die Lippen, stand auf, ging zur Bürotür, blieb davor stehen, schmiegte sein Ohr an die Tür.

24

Maximilian Moor hatte gelernt, mit Millionen zu jonglieren und diese auch geschickt zu vermehren. Aber entgegen dem Spruch „Geld beruhigt" war im Laufe der Zeit das Gegenteil eingetreten. Das Herz schlug unruhig. Mal zu schnell, mal zu langsam. Schlug es zu langsam, griff ein Herzschrittmacher ein, regulierte den Takt. War es zu schnell und der Blutdruck stieg in gefährliche Regionen, musste Metoprolol, ein Betablocker, eingesetzt werden, der den Adrenalinspiegel senkte, die arterielle Hypertonie für eine Weile ausschaltete und das Herz wieder ruhiger schlagen ließ. Es war ein kompliziertes Wechselspiel. Der alte Moor ging nachlässig damit um, verpasste absichtlich Kontrollen der Batterie seines HSM, kümmerte sich auch nicht um irgendwelche elektromagnetischen Felder, die dem Schrittmacher falsche Impulse hätten geben können. So hatte er bis vor ein paar Jahren noch unbeschadet Sicherheitsschleusen an Flughäfen passiert. Er trug sein Handy entgegen der Anweisung des Arztes griffbereit in der Brusttasche, kümmerte sich nicht um hoch-frequente Teslafelder, von der die Vorhofsonde des Schrittmachers falsche Signale empfangen konnte. Einmal, nach einem komplizierten Bruch des

Unterarms, hatte er sich sogar in eine Kernspinröhre schieben lassen, ohne anzugeben, dass er einen Schrittmacher trug. Er vermied jeden Hinweis, die seiner stattlichen Erscheinung mit dem dichten, aber noch vollen weißen Haar hätte Abbruch tun können. Auch mit dem Betablocker ging er fahrlässig um. So hatte er Daniel, den Butler, schon mehrfach angewiesen: „Heute ein paar Tropfen mehr!" Alles war gut gegangen. Denn mental hatte er sich dazu trainiert, sich möglichst nicht mehr aufzuregen, schlechte Nachrichten zu ignorieren und auch dem Treiben der Zwillinge eher gelassen zuzusehen. Bei dem Pärchen, bei dem er sich nicht sicher war, ob es überhaupt von ihm stammte, hatte er mehr mitbekommen, als diesen lieb sein konnte. Dass der Millionenbetrag, den er ihnen anvertraut hatte, immer dünner wurde, wusste er. Darüber hatte ihn sein Partner in Essen informiert. Doch dieses Geld hatte er sowieso schon abgeschrieben. Das Wunder, auf das er gehofft hatte, war nicht eingetreten. Die Zwillinge hatten nur Flausen im Kopf Aber bald würde Karl die Bank übernehmen. Er würde ihn in die Geschäfte mit den Saudis einweihen und sich endlich zur Ruhe setzen können. Karl würde die jetzt über fünfzigjährige Tradition des Hauses Moor zuverlässig weiterführen.

Jetzt telefonierte er hektisch, sprach zuerst mit der Besuchsabteilung der JVA, ließ sich dann mit dem Leiter der Anstalt verbinden, versuchte danach einen Kontakt mit dem Ministerpräsidenten Sachsens zu bekommen. Franz hatte die Wahrheit gesagt. Karl saß hinter Gittern und selbst der beste Anwalt würde ihn da nicht herausholen können.

Moor ließ nach dem letzten vergeblichen Versuch, den Ministerpräsidenten zu erreichen, den Hörer sinken. Er spürte noch den stechenden Schmerz in der Brust. Dann wurde ihm schwarz vor Augen.

25

Maximilian Moor war in seinem Bürosessel zusammengesunken, mit dem Gesicht auf die Schreibtischplatte geschlagen. Der Sessel hatte sich dabei gedreht, war nach hinten gerollt, Moor auf das Parkett zwischen Stuhl und Schreibtisch gesunken. So lag er zusammengekrümmt auf dem Boden, als Franz, der den Aufschlag gehört hatte, in den Raum stürmte.

Zehn Minuten später fuhr der Rettungsdienst vor. Notarzt und Sanitäter eilten ins Büro. Ein Defibrillator wurde angesetzt, Schockwellen in die Brust gejagt. Stromstoß auf Stromstoß erfolgte, noch während man Moor auf einer Bahre zum Wagen brachte. In einem Godesberger Krankenhaus arbeitete man weiter an der Reanimation von Herz und Lunge, mühte sich im Takt eines berühmten Songs der Bee Gees, ‚Staying Alive', mit einer Herzdruckmassage ab. Doch das Kammerflimmern hatte gesiegt. Der alte Moor war tot.

Am Abend saßen die Zwillinge im Pavillon zusammen. Fritz schimpfte: „Du Idiot! Jetzt ist der Alte hinüber und kann das Testament nicht mehr ändern. Du hättest es ihm schonender beibringen sollen."

„Nichts passiert", knurrte Franz. „Wir haben jetzt das Regiment. Karl ist gut verwahrt. Und das Schönste: Die Bürotür ist nicht abgeschlossen. Wir haben freien Zugang. Jetzt können wir sehen, wo der Alte überall seine Hände drin hatte. Ich bin gespannt, bei welchen Banken er sein Geld verbuddelt hat."

„Wer kümmert sich um die Beerdigung?" wollte Fritz wissen. „Ich habe wenig Bock auf diesen Stress."

„Das erledigt Daniel", beruhigte ihn Franz.

„Sollen wir ihn behalten? Der kostet doch nur unnötig Geld."

„Vorerst behalten wir ihn. Oder willst du dich um alles kümmern? Du kannst ja noch nicht einmal die eigenen Räume in Ordnung halten. Nach zwei Jahren wäre die Villa vergammelt und der Park ein Dschungel. Außerdem ist so ein Butler sehr repräsentativ und tut dem Ansehen des Hauses gut."

„Mag sein. Also behalten wir ihn erst einmal. Aber etwas anderes: Der Alte hat doch unter dem Schlüsselbein einen Schrittmacher sitzen. Das Ding hat ein paar tausend Euro gekostet und ist weiter verwertbar. Das muss doch nicht mit unter die Erde. Wir könnten es einem Arzt im Krankenhaus anbieten."

„Vergiss es! Sollen wir durch Pietätlosigkeit auffallen?"

26

Brenner hatte Amelie angerufen, sie gebeten, zur Polizeidirektion zu kommen. „Soll das ein Verhör werden?" fragte sie.

„Nein, nein! Wir brauchen eine Beschreibung des Mannes, der sie im Bistro der alten Spinnerei beobachtet hat. Vielleicht ist das eine wichtige Spur."

Innerhalb einer halben Stunde war sie im Präsidium in der Dimitroffstraße, saß Brenner gegenüber, der ihr eine Tasse Kaffee anbot und umgänglicher war, als sie erwartet hatte. Schließlich hatte er ja maßgeblichen Anteil gehabt, Karl hinter Gitter zu bringen.

„Ihr Freund hat mir erzählt, dass Sie diesen Mann im Bistro besser im Visier hatten als er. Wir brauchen eine Beschreibung. Ich bringe Sie gleich zu unserem Spezialisten. Der fertigt am Computer ein Phantomfoto an. Das werde ich weiterleiten an die Lokalredaktionen der Presse."

„Sie sind also nicht von Karls Schuld überzeugt?"

„Ich habe Zweifel und muss jeder Spur nachgehen. Wie sah der Mann aus? Wie hat er sich verhalten?"

„Ich habe ihn schon gesehen, als er hereinkam und sich umsah. Er ist etwa 1.80 groß, mittelschlank oder mitteldick, wenn Sie so wollen. Alter etwa dreißig Jahre, vielleicht auch jünger. Er hat ein rundliches Gesicht, einen Schnäuzer und einen Kinnbart. Dunkelblondes, kurz geschnittenes

Haar. Aufgefallen sind mir auch seine etwas wulstigen, rötlichen Lippen. Er trug einen dunkelgrauen Anorak, eine schwarze Hose. Schuhe weiß ich nicht mehr. Ach ja, und er hatte eine Brille, schwarz, quadratisch."

„Na gut", meinte Brenner. „Ist ja schon was. Mit meinem Kollegen gehen Sie nachher am Computer ins Detail. Wie hat sich der Mann verhalten?"

„Er hat sich kurz in dem Bistro umgesehen, sich dann zwei Tische vor uns an die Fensterfront gesetzt. Zunächst war er mit seinem Smartphone beschäftigt, dann aber habe ich bemerkt, dass er öfter zu uns hinsah. Habe ich ihn angeguckt, hat er sich sofort wieder mit seinem Smartphone beschäftigt, irgend etwas getippt."

„Er hatte einen Ohrstöpsel?"

„Ja."

„Haben Sie sonst noch etwas auf dem Tisch bemerkt?"

„Nein. Nur das Smartphone. Und eine Tasse mit… wahrscheinlich Kaffee."

„Er hat vor Ihnen das Bistro verlassen?"

„Nein, nach uns."

„Gut", meinte Brenner. „Dann begeben wir uns gleich an den Computer. Das Phantomfoto hilft uns womöglich nicht nur bei den Zeitungen. Es gibt noch eine andere Chance. Sie haben von unserem Fahndungserfolg gelesen? Stand ja vor ein paar Wochen in allen Zeitungen. Stichwort ‚Shiny Flakes'."

„Nein."

„Also, wir haben sozusagen in einem Kinderzimmer 360 Kilo Drogen gefunden, darunter auch Marihuana. Da wohnte ein Zwanzigjähriger noch bei seiner Mutter und hatte einen

Internethandel aufgezogen, zuerst im ‚Dark Net‘, dann unverfroren im normalen Internet. Er hatte viele Kunden, sogar bis nach Südostasien. Sie können sich das so vorstellen: ein ‚amazon‘ für Drogen. Geld hatte der junge Mann so viel, wie ich es in meiner gesamten Dienstzeit kaum zusammenbekomme. So, und nun kommt der Clou der Geschichte. Wir haben die Daten seiner Kunden sichergestellt. Vielleicht ist ja der Mann aus dem Bistro dabei."

Eine ganze Stunde hatte Amelie dann vor dem Computer gesessen, an allen Details gefeilt. Am Mund, an den Lippen, der Gesichtsform, den Augenbrauen, der Stirn, der Nase. Bis sie endlich sagte: „Ja, das könnte er sein." Dachte man sich Kinnbart, Schnäuzer und Brille weg, so sah das Phantombild tatsächlich Markus Mühlenbeck sehr ähnlich. Schon am nächsten Tag erschien es in den lokalen Nachrichten verschiedener Zeitungen. Brenner hatte sich nicht gescheut, als Bildunterschrift setzen zu lassen: ‚Wer kennt diesen Mann? Im Zusammenhang mit einem möglichen Drogendelikt gesucht‘.

27

Schon am Tag der Veröffentlichung des Fahndungsfotos trafen Anrufe ein. Bei dem ersten Hinweis handelte es sich um einen Tierpfleger im Leipziger Zoo, der nur eine entfernte Ähnlichkeit, jedoch ein hieb- und stichfestes Alibi hatte, weil er zu der fraglichen Zeit seine Elefanten abgeduscht hatte. Bei dem zweiten war es ein Kassierer einer Sparkasse, der außer dem Schnäuzer und dem Kinnbart nicht die geringste Ähnlichkeit mit dem Foto hatte. Hier vermutete Brenner den Streich eines verärgerten Kunden. Der dritte Anruf kam am späten Nachmittag. Eine ältere Dame war am Apparat, sagte: „Das ist der Herr Weiß aus Düsseldorf." Zunächst glaubte der Kommissar wieder an einen Scherz.

„So, so", sagte er. „Und woher kennen Sie ihn?"
„Der war bei mir in der Pension."
„In welcher Pension?"
„Hier in der Buttergasse."

Da wurde Brenner hellhörig. Eine Viertelstunde später klingelte er an der ‚Pension in der Buttergasse', stellte auf den ersten Blick fest, dass man von dort aus Moors Wohnung und den Hauseingang im Blick haben konnte. Falls man ein Zimmer zur Straßenseite hin gemietet hatte. Und plötzlich machte auch die Geschichte mit dem Zettel Sinn. Der Mann aus dem Bistro konnte leicht beobachtet haben, wie Karl Moor den Zettel erst gelesen, dann weggeworfen hatte.

„So, erzählen Sie mal der Reihe nach. Sie haben also den Mann auf unserem Fahndungsfoto erkannt. Wie alt schätzen Sie ihn?"
„Noch jung. Etwa dreißig Jahre, vielleicht auch jünger."
„Wann war er hier?"
„Der war sogar zweimal hier. Ich habe das Datum in mein Büchlein eingetragen. Wissen Sie,

wegen der Abrechnung mit der Stadt. Warten Sie, ich hole es eben."

Sie kam mit einer blauen Kladde zurück, befeuchtete mit der Zunge ihren Zeigefinger, blätterte. „Hier, sehen Sie. Das erste Mal war er vor Ostern da. Das war am 21. März. Am Karfreitag ist er wieder zurück nach Düsseldorf gefahren. Am Ostermontag ist er wieder gekommen. Das war am 28."

„Wie lange war er da bei Ihnen?"

„Bis zum 29., bis zum Dienstag. Da ist er allerdings erst am Abend gefahren, hat die Nacht auf Mittwoch noch bezahlt."

„Er ist mit dem Auto gekommen?"

„Beim ersten Mal ja. Beim zweiten Mal, das weiß ich nicht. Da stand kein Wagen mehr vor unserer Tür."

„Haben Sie das Kennzeichen des Autos?" Brenner sah sie erwartungsvoll und gespannt an.

„Nein. Danach gucke ich nicht."

„Die Wagenmarke?"

„Weiß ich auch nicht."

„Hmm. Schade. Und der Ausweis? Sie haben sich den Ausweis zeigen lassen?"

„Nein. Er hat ja sofort alles im Voraus bezahlt."

„Erinnern Sie sich an die Kleidung, die er bei seinem ersten Besuch trug?"

„Genau weiß ich das nicht mehr. Ich glaube, er trug einen dunklen Anorak. Schwarz oder grau."

„Wie sprach er? Ich meine, hatte er einen ausländischen Akzent?"

„Nein, das war Deutsch. Aber Sächsisch war es nicht. Das war eher ähnlich wie bei Ihnen. Sie sind nicht aus Leipzig, nicht wahr?"

„Ich bin nach der Wende gekommen, vorher war ich bei den Kölnern. Sagen Sie, hat dieser Herr Weiß eine Adresse hinterlassen?"

„Ja. Düsseldorf. Bilker-Allee. Sehen Sie, hier ist auch die Nummer."

„Wird wahrscheinlich falsch sein. Wie der Name. Ist Ihnen etwas bei diesem Herrn aufgefallen. Ist er nur auf seinem Zimmer geblieben? Hat er es öfter verlassen?"

„Ja. Ab und zu ist er raus gegangen. Aber nicht so oft. Nur wenn er Termine hatte. Wissen Sie, er hat mir erzählt, er würde sich mit Managern von der Leipziger Messe treffen. Deswegen war er hier in Leipzig."

„So, so. Mit Managern. Darf ich das Zimmer sehen, in dem er gewohnt hat? War es die beiden Male dasselbe Zimmer?"

„Ja. Darauf hat er bestanden. Immer das zur Straße hin."

Sie führte Brenner die Treppe hoch, drückte gleich die Klinke zu dem ersten Raum auf dem Flur. „Das ist es", sagte sie. „Hier hat er gewohnt."

Der Kommissar trat ans Fenster, schlug den Vorhang zurück, blickte hinaus. Schräg gegenüber, keine dreißig Meter weit, konnte man den Eingang zu dem Haus sehen, in dem Karl Moor seine Wohnung hatte.

„Danke", sagte Brenner. „Sie haben mir sehr geholfen."

„Was hat der Herr Weiß denn angestellt?" wollte die Dame wissen.

„Das wissen wir noch nicht genau. Wenn ich Ihnen einen Tipp geben darf: Lassen Sie sich in Zukunft den Ausweis zeigen."

„Aber man muss den Menschen doch vertrauen können."

Es schien, als sei nun alles erledigt und als wollte der Kommissar den Raum verlassen. Aber er blieb auf einmal mitten im Zimmer stehen, sah sich alles genau an. Eine Zeit lang verweilte sein Blick nachdenklich auf dem Kleiderschrank. Er öffnete die Tür, sah hinein. Leere Kleiderbügel hingen da, im oberen Fach lagen zwei Wolldecken. „Sagen Sie, hatte der Herr Weiß viel Gepäck dabei?"

„Gepäck? Eine große Tasche."

„Wie groß?"

„Na ja, so wie man es bei den Tennisspielern sieht, würde ich sagen. Eine Sporttasche, aber etwas breiter."

„Haben Sie das Zimmer nach Ostern noch einmal vermietet?"

„Nein, die nächste Anmeldung habe ich erst für Mai."

„War Ihr Gast hier allein oder hat er auch mal Besuch gehabt. Von einem jungen Mann zum Beispiel."

„Der war immer allein. Da ist niemand gekommen. Das hätte ich bemerkt."

„Dann muss ich Sie leider noch ein wenig belästigen", entschuldigte sich Brenner. Er tätigte zwei Anrufe. Beim zweiten sagte er: „Bring Romy mit!" Nach zwanzig Minuten erschien die Spurensicherung. Kurz darauf traf auch Kowalski mit dem Hund ein.

28

„Hätte ich nicht gedacht", sagte Kowalski. „Die Runde geht an Moor."

Sie waren beide an diesem Abend noch in ihrem Dienstzimmer, tranken Kaffee, überlegten. Brenner ging mit der Tasse im Raum auf und ab, während sein Kollege am Schreibtisch saß.

„Also der Junge ist unschuldig", bemerkte Brenner. „Wir haben jetzt ein stimmigeres Bild."

„Wusste ich nicht, dass Romy so sensibel ist", meinte Kowalski.

„Ist doch klar", erklärte Brenner. „Der Typ, wenn er mit dem Wagen gekommen ist, bewahrt den Karton ja nicht nachts im Kofferraum auf. Die Ware will er im Blick haben. Wo stellt er die Tasche hin? Wahrscheinlich in den Kleiderschrank. Bei einigen Tüten in dem Karton ist der Verschluss nicht ganz luftdicht. Selbst wenn er das wäre. Das würde gar nichts ausmachen. Da sind zwei Wolldecken im Schrank. Da hängt nach nur einer Nacht so viel Aroma dran, dass der Hund sich fast vergiftet. Er bleibt brav vor dem Kleiderschrank sitzen. Das ist der Beweis. Da war jemand in der Pension, hat Moor beobachtet, ausspioniert, hatte Marihuana dabei. Moor selbst war jedenfalls nicht in dem Zimmer. Und dann ist mir die Nummer mit dem Zettel zu raffiniert, etwas zu absichtlich. Glaubst du, Moor legt so einen Zettel neben den Karton?"

„Warum nicht?"

„Nein. Stell dir vor, du bekommst so eine Drohung. Du lässt den Zettel sofort in der Mülltonne verschwinden. Dieses Papierknäuel ist eine fingierte Spur. Außerdem lässt man so eine heiße Ware nicht in einem unverschlossenen Raum zurück. Ich glaube dem Jungen. Er hatte das Atelier abgeschlossen."

„Möglich. Ich bin mir da auch nicht mehr so sicher."

„Was heißt ,nicht mehr so sicher'? Ich bin mir sicher, dass er mit der Sache nichts zu tun hat."

„Dir hängt der Fall Czybulla nach. Du hast Angst, noch einmal jemanden in den Knast zu bringen."

„Nein, das ist es nicht. Ich gehe mit Logik und Überlegung an den Fall. Ja, zugegeben auch mit Gefühl. Der Junge ist kein Dealer."

„Und welches Motiv sollte dieser Herr Weiß aus Düsseldorf haben?"

„Das weiß ich noch nicht. Aber er hat eins."

„Und wie finden wir ihn?"

„Wenn wir Glück haben, ist er in den Dateien von ,Shiny Flakes'. Vielleicht hat er das Zeug ja aus dem Internet bezogen. Wir verlagern die Nachforschung in den rheinischen Raum. Da haben wir genug Adressen von Leuten, die bestellt haben. Ist er nicht dabei, müssen andere Personaldateien durchforstet werden. Und zwar alle, die mit dem Dealen von Drogen zu tun haben."

Kowalski verzog das Gesicht. „Das dauert Jahre."

„Unsinn. Die haben wir in ein paar Tagen durch. Vergiss nicht, dass wir ein gutes Phantombild haben."

„Was ist, wenn du auf der völlig falschen Spur bist?"

„Na und? Selbst wenn! Wir haben im Februar einen grandiosen Schlag gelandet. So etwas hatten noch nicht einmal die Frankfurter. Da bricht uns bei einem kleinen Misserfolg kein Zacken mehr aus der Krone."

„Ich sehe schon. Du willst also mit dem Staatsanwalt und dem Haftrichter sprechen."

„Ja. Karl Moor kommt frei."

29

Franz saß am Schreibtisch seines Vaters, bearbeitete die Tastatur des Computers und fluchte. Hinter ihm stand Fritz. „Schaffst du es?" fragte er.

„Wie denn? Ich bin jetzt beim zwanzigsten Versuch. Woher soll ich wissen, welches Passwort er genommen hat? Mir fällt nichts mehr ein."

„Hast du es mit seinen Anfangsbuchstaben und dem Geburtsjahr versucht?"

„Schon lange durch."

„Er muss es sich doch irgendwo aufgeschrieben haben. Durchsuchen wir die Schränke und Schubladen", schlug Fritz vor.

„Alles schon geschehen", knurrte Franz. „Der hat sich das Passwort einfach so gemerkt. Jetzt nimmt er es mit ins Grab."

„Kann ich mir nicht vorstellen. Der muss es aufgeschrieben haben. Der war doch schon halb verblödet."

„Von wegen. Verblödet bist du. Der Alte war oben in seinem Stübchen noch ziemlich fit. Oder glaubst du, sonst hätte der Besuch bekommen vom Staatssekretär und dem Scheich?"

„Gibt es nicht eine Software, mit der man Passwörter knacken kann?" fragte Fritz.

„Gibt es. Aber die müssten wir erst besorgen und uns einarbeiten. Das geht nicht in fünf Minuten. Wir müssen etwas Geduld haben."

„Karl wird das Passwort doch kennen", fiel Fritz ein. „Der hat zwei Jahre mit seinem Väterchen hier zusammen gearbeitet."

„Willst du etwa nach Leipzig fahren, ihn fragen?"

„Oder schreiben. Er darf doch Post bekommen und selber Briefe verschicken."

„Vergiss es! Wenn er das Passwort kennt, wird er es uns nicht verraten. Sei nicht so naiv!"

„Was ist mit dem Tresor? Kommen wir an den ran?"

„Auch gesichert."

„Dann bohren wir ihn eben auf."

„Das ist härtester Stahl. Das geht nicht so leicht. Oder willst du ihn etwa sprengen?"

„Warum nicht?"

Franz zeigte seinem Bruder einen Vogel. „Wenn wir nicht Zwillinge wären, könnte ich nicht glauben, dass wir von derselben Mutter kommen. Am besten verschwindest du und lässt mich hier in Ruhe weiter machen. Du nervst."

„Ich bleibe hier. Ich trau dir nicht. Nachher findest du das Passwort und erzählst mir nichts davon."

Franz schaltete den Computer aus, rollte mit dem Bürosessel vom Schreibtisch weg, drehte sich seinem Bruder zu.

„Pass mal auf!" sagte er. „Wir ziehen dieses Ding hier gemeinsam durch oder gar nicht. Wir sitzen in einem Boot. Wir haben beide die Geschichte mit Mühlenbeck ausgeheckt. Würde ich dich hintergehen, könntest du sofort zur Polizei laufen, mich anzeigen."

„Wie denn? Die kassieren mich doch gleich mit."

„Ja. Sag ich doch. Wir sitzen in einem Boot. Mein Vorschlag ist, dass wir nichts überstürzen, erst einmal abwarten, bis der Alte unter der Erde ist. Wir verhalten uns jetzt als vorbildlich trauernde Söhne. Danach legen wir los. Wir haben hier jahrelang die Sklavenrolle gespielt. Jetzt kommt es auf eine Woche nicht an."

„Okay, ist ja gut. Vertreiben wir uns bis dahin noch die Zeit. Ich hätte Lust, nach Eichenbach zu fahren. Wir waren lange nicht mehr auf dem Hochsitz."

Franz schüttelte den Kopf. „Es ist Schonzeit. Da dürfen wir nicht auf das Damwild drauf. Und auf die Bachen und Keiler erst wieder im August. Das weißt du doch. Jetzt sind nur Jungfüchse und Truthähne erlaubt."

„Na und? Es ist doch unser Wald."

„Du kannst einen zur Verzweiflung bringen mit deinen Vorschlägen. Wir gehen jetzt zu Daniel und erkundigen uns brav, wie weit er mit den Vorbereitungen für die Beerdigung ist und wann und wo die überhaupt stattfindet. Oder willst du die verpassen?"

„Natürlich nicht."

30

Er hatte den Tisch vor das Fenster der Zelle geschoben, saß da, den Kopf in die Hände gestützt, sah durch die Gitterstäbe auf den Hof, der an diesem Apriltag in hellem Sonnenschein lag. Eigentlich hätte er jetzt mit Siewert, dem Restaurator, in Marienberghausen sein sollen, ihm assistieren, Fresken begutachten, erste Erfahrungen sammeln. Er hatte seine Telefonnummer nicht. Es hätte auch nichts genützt, denn er war wie gelähmt und hätte auch gar nicht gewusst, was er sagen sollte. Die Geschichte war vorbei. Die praktische Ausbildung zum Restaurator konnte er abschreiben wie wahrscheinlich den Beruf überhaupt. Als Vorbestrafter war ihm dieser Weg wohl verschlossen. Das einzig Positive, was er der Situation mit großem Sarkasmus abgewinnen konnte, war, dass seine Tage jetzt nach dem lässig gehandhabten Studentenleben eine feste Struktur hatten. Um 6.00 Uhr war Wecken mit so genannter ‚Lebendkontrolle', ob man sich also nicht erhängt hatte. Das Frühstück wurde ausgegeben. Dann war für ihn, da er als U-Häftling keiner Arbeit nachgehen durfte, Einschluss bis zum Mittagessen um 12 Uhr in der Zelle. Um 12.40 Uhr rückten die ordentlich Gefangenen wieder zur Arbeit aus. Um 15.15 Uhr kam der schönste Teil des Tages. Da war Hofgang für eine Stunde. Man konnte Fußball spielen, Volleyball oder Tischtennis. Er hatte sich für Fußball entschieden, ging, da seine Kondition nicht die beste war, ins Tor. Um 16.15 Uhr war wieder Einrücken und Ausgabe des Abendessens. Danach begann die so genannte Freizeit, auch

Aufschluss genannt. Man konnte duschen gehen, sich im Zellentrakt bewegen, mit dem Nachbarn reden. Oder man konnte Freizeitangebote annehmen. Kreativ Malen, die Bibliothek besuchen, sich fortbilden, auf einen Schulabschluss zusteuern. Um 19.45 war Einschluss. Der Wärter erledigte die Vollzähligkeitskontrolle und wünschte „Gute Nacht!" An Wochenenden war es einen Tick anders. Man durfte bis um 7 schlafen und sonntags um 8 die Gefängniskapelle besuchen, dem lieben Gott danken, dass man ein Dach über dem Kopf hatte.

Karl besuchte in der Freizeit lieber seinen Nachbarn. Egon Bamberger hieß der, war 71 Jahre alt, hatte keine Familie, hatte noch nie Besuch gehabt. Bamberger war sozusagen freiwillig in der Haftanstalt. „Weißt du, Junge", hatte er ihm erzählt, „die neue Armut ist die Einsamkeit. Und die richtige Armut kommt dann noch dazu. Ich war es leid, Flaschen zu sammeln, Tauben mit Haferflocken zu füttern, den ganzen Tag wie blöd aus dem Fenster zu gucken. Ist nämlich die Rente zu schmal, dann bist du von allem ausgeschlossen. Du bist an zu Hause gefesselt oder du frierst dir auf der Parkbank den Arsch ab. Und in deinem trauten Heim drehst du die Heizung runter, weil sonst die Ganoven vom RWE eine Nachzahlung verlangen. Christliches Deutschland! Da ist nix von Christentum. Der Wolf im Märchen ist barmherziger. Da hab' ich mir gedacht, dass es im Gefängnis schöner sein muss. Ich bin also in den Supermarkt, hab' mir das Wägelchen voll geladen. Mit Ouzo, Cognac, ein paar Flaschen leckeren Wein und dann Lebensmittel vom Feinsten. Damit bin ich zur Kasse, habe nichts auf das Laufband gelegt. ,Sie müssen das aufs Band legen und bezahlen', sagt die Kassiererin. Ich halte ihr eine Spielzeugpistole vor die Nase und sage: ,Hier wird nichts bezahlt. Sie haben genug von dem Zeug.' Dann bin ich mit dem Wägelchen los. Erst über den Parkplatz, dann auf den Bürgersteig zu mir nach Hause. Das sind nur 500 Meter. Aber nach 300 kamen schon die Bullen, haben mich zu Boden geworfen, durchsucht. Der eine findet die Spielzeugpistole in der Hosentasche, begutachtet sie und sagt: ,Sie haben sie ja wohl nicht mehr alle!' Da hatte ich erst Angst, dass sie mich in die Klapse stecken. Aber dann bin ich bei einem freundlichen Richter gelandet. Ein Jahr auf Bewährung hat er mir gegeben. Da musste ich den ganzen Zirkus noch mal machen. Jetzt wohne ich hier mietfrei, kann mit netten Leuten spazieren gehen und bekomme eine abwechslungsreiche Kost. Vorher habe ich mir manchmal Katzenfutter gebraten. Und du? Was hast du angestellt?"

„Nichts. Man hat mir Marihuana untergeschoben. Ich bin unschuldig."

„Kenn ich. Gute Version. Bleib dabei."

„Ach, Junge", hatte er noch gemeint. „Ist manchmal schon ein Scheißleben. Vor allem in diesem beknackten Land hier, wo die Reichen immer reicher und die Armen immer ärmer werden. Wenn ich in deinem Alter wäre, würde ich nach Australien auswandern oder nach Kanada. Die Grizzlys dort sind freundlicher als die Menschen hier."

Von den 100 Euro, die ihm Amelie über die Anstalt überwiesen hatte, ließ er fünfzig Bamberger zukommen. Was sollte er auch mit dem Geld anfangen? Es gab zwar einen Kiosk im Gefängnis. Da konnte man Süßigkeiten und Zigaretten kaufen. Aber er brauchte Geld eigentlich nur für Briefmarken und Telefongespräche.

Es war gegen elf am Vormittag, als sich die Zellentür öffnete. Der Wärter erschien mit einer gleichgültigen Miene, die weder Gutes noch Böses verkündete. Hinter ihm stand Brenner.

31

„Wollen Sie einen Kaffee trinken?" fragte der Kommissar und lächelte.

„Kaffee? Wo?" fragte Karl überrascht zurück.

„Ich kenne da ein nettes Café in der Nähe des Bahnhofs. Ich habe noch ein paar Fragen an Sie."

„Ich habe Freigang?"

„Kann man so sagen. Sie müssen auch nicht wiederkommen. Die einzige Auflage ist, dass Sie sich einmal am Tag auf einer Polizeiwache melden. Das konnte ich nicht vermeiden. Aber es ist großzügig ausgelegt. Es gilt deutschlandweit. Sie müssen also nicht in Leipzig bleiben, wenn Sie nicht wollen. Packen Sie die paar Sachen, die Sie haben. Den Rest erledigen wir an der Rezeption des Hauses."

Erst als er bei Brenner im Wagen saß, begann er zu fragen: „Warum komme ich auf einmal frei? Was ist passiert?"

„Sie sind offensichtlich ausspioniert und beobachtet worden", gab der Kommissar als erste Auskunft. „Schräg gegenüber Ihrer Wohnung gibt es eine Pension. Da hat dieser Mann aus dem Bistro gewohnt. Marihuana muss er auch dabei gehabt haben."

„Wer ist dieser Mann?"

„Das wissen wir noch nicht. Dazu brauche ich Ihre Hilfe."

„Ich habe ihn noch nie gesehen. Außer im Bistro für einen kurzen Moment."

„Ich weiß. Aber Sie müssen mir gleich alles erzählen. Auch Dinge, die Sie vielleicht für unwichtig halten."

„In welches Café fahren wir."

Brenner lächelte. „Sinnigerweise in ein Bistro. In das ‚Petit Paris'. Es ist in der Nähe des Hauptbahnhofs, in der Rosa-Luxemburg-Straße. Sie kennen es?"

„Nein."

„Nun, dann werden Sie sich freuen, wenn Sie jetzt was anderes sehen als die Wände Ihrer Zelle. Die Chansonmusik im Hintergrund passt zwar nicht zu unserem Thema, aber sehen Sie das nicht zu eng."

Im Café legte der Kommissar ihm das Fahndungsbild vor. „Ist Ihnen dieser Mann nicht doch irgendwo mal begegnet?"

„Nein", sagte Karl. „Ich erkenne ihn zwar jetzt. Das ist wirklich der aus dem Bistro. Aber sonst? Nie gesehen."

„Vielleicht im Umkreis, im Zusammenhang mit Ihrer Familie, die, wie ich weiß, in der Nähe von Bonn wohnt? Denken Sie sich ruhig den Kinnbart und den Schnäuzer weg. Auch die Brille. Das muss nicht echt sein."

Karl schüttelte den Kopf. „Nein. Ich war in den letzten Jahren selten zu Hause. Gesehen habe ich ihn da nicht."

Brenner rührte bedächtig in seiner Kaffeetasse. „Wissen Sie, Herr Moor, rätselhaft ist für mich das Motiv. Er muss aber eins haben. Sie sind, wovon ich ausgehe, für keinen Geheimdienst tätig. Dafür wäre, wenn man jemandem schaden will, Marihuana viel zu läppisch. Dann würde man Ihnen versehentlich mit einem Regenschirm ans Bein stoßen und Sie mit einer winzigen Menge Rizin vergiften. Oder man würde Ihnen, ohne dass Sie es merken, Pollonium in ein Getränk schütten. Das ist flüssig, farb- und geschmacklos. In unserem Fall aber wollte Sie jemand entweder für eine Zeit ausschalten oder aber mit Ihnen als Opfer die Reputation der Bank schädigen. Wenn ich richtig informiert bin, betreibt Ihr Vater ja eine Privatbank. Einen anderen Zusammenhang kann ich beim besten Willen nicht finden. Hat Ihr Vater Feinde, die ihm beziehungsweise der Bank etwas anhängen wollen? Es macht sich ja nicht besonders gut, wenn der Sohn des Hauses ins Gefängnis kommt. Einen solchen Skandal kann sich vielleicht Hollywood leisten, ein Bankier aber nicht."

„Wer soll an so etwas Interesse haben?"

„Welcher Art sind die Geschäfte des Bankhauses Moor?"

„Das weiß ich nicht so genau", wich Karl aus. „Wahrscheinlich Kreditvergaben."

„Kann es sein, dass es verärgerte Kunden gibt, die sich an Ihrem Vater rächen wollen und Sie als Opfer ausgesucht haben?"

„Kann ich mir auch nicht vorstellen, aber denkbar wäre es schon."

„Ich muss jetzt etwas indiskreter werden", bohrte Brenner weiter. „Wie sind die Vermögensverhältnisse in Ihrer Familie? Sie bekommen immerhin 3000 Euro im Monat. Das ist ein stattlicher Betrag für einen Studenten."

„Die Vermögensverhältnisse..." wiederholte Karl, um Zeit zu gewinnen. „Na ja, arm sind wir nicht. Da ist eine große Villa am Rhein, ein kleiner Park gehört dazu. Dann gibt es in der Eifel noch ein Waldstück für die Jagd. Vielleicht gibt es auch noch Immobilien, von denen ich gar nichts weiß."

„Wie alt ist Ihr Vater?"

„81."

„Und Ihre Mutter?"

„Lebt nicht mehr."

„Sie haben noch Geschwister?"

Karl winkte ab. „Ach so! Wenn Sie das meinen, vergessen Sie's. Da sind noch die Zwillingsbrüder, Franz und Fritz. Mit denen verstehe ich mich gut. Es wird keine Erbstreitigkeiten geben. Es ist für jeden genug da."

Brenner setzte zu einem leisen Lächeln an. „Schön, wenn Sie so denken. Aber manchmal sieht die Wirklichkeit anders aus."

„Also, Herr Moor", fuhr er nach einer kurzen Pause fort, „es muss ein Motiv geben. Da hat Ihnen jemand nicht nur ein Täfelchen Schokolade geschenkt, und dieser Karton ist nicht nur einfach vom Himmel gefallen und zufällig bei Ihnen gelandet. Das ist eine ziemlich böse und hinterhältige Absicht gewesen. Bitte überlegen Sie weiter, wer dahinter stecken könnte und warum."

„Das habe ich schon die ganze Zeit gemacht, finde aber nichts."

„Trotzdem. Könnte ja sein, dass Ihnen noch etwas einfällt. Ich gebe Ihnen meine Visitenkarte mit der Telefonnummer, auch mit der privaten. Sie geben mir bitte auch Ihre Handynummer. Für alle Fälle. Wohin Sie jetzt erst einmal wollen, kann ich mir denken. Bedanken Sie sich bei Ihrer Freundin. Sie hat diesen Mann sehr genau beschrieben. Sonst säßen Sie noch in Untersuchungshaft. Wir werden den Mann weiter suchen. Wir haben da noch ein paar Möglichkeiten. Das kann sogar ziemlich rasch gehen."

„Welche Möglichkeiten?"

„Es gibt zum Beispiel einen zentralen Computer der Polizei. Da kann man sich bundesweit Fahndungsfotos ansehen."

„Sie sagen mir, wenn Sie ihn haben?"

„Selbstverständlich. Sie sollen ja sehen, wer Sie hinter Gitter bringen wollte."

„Wie haben Sie das eigentlich herausgefunden, dass er in der Pension das Marihuana schon dabei hatte?"

„Bedanken Sie sich auch bei Romy. Das ist unser Spürhund. Sie braucht keinen Karton. Es reichen schon Mikrospuren. Unser Phantom hatte eine Tasche im Kleiderschrank abgestellt."

32

Amelie kam ihm die Treppe hinunter entgegen gelaufen, umarmte ihn. „Du? Nein. Tatsächlich!"

„Danke!" sagte er. „Hast du großartig gemacht mit dem Phantombild. Der Kerl hat mich von einer Pension mir gegenüber beobachtet. Er hatte dort auch das Marihuana dabei. Das hat ein kluger Spürhund herausgefunden."

„Sie haben den Typen erwischt?"

„Nein. Er hat sich unter falschem Namen dort eingetragen. Sie müssen ihn noch finden."

Eine Stunde später saßen sie bei einem Glas Wein in der Küche. Karl fand Küchen, sofern sie zumindest einen kleinen Tisch hatten, immer am gemütlichsten. Die Küche hatte etwas Mütterliches. Amelie hatte das Licht ausgeschaltet, eine Kerze aufgestellt. Langsam fanden sie zu dem Thema zurück, das noch nicht gelöst war.

„Es könnte alles mit Vaters Bankgeschäften zu tun haben", sagte Karl. „Brenner hat mich auf die Idee gebracht. Es geht vielleicht darum, den Ruf der Bank zu schädigen und ein Geschäft zu hintertreiben. Denn wenn der Sohn im Gefängnis sitzt, ist auch die Reputation des Vaters beschädigt. Ich weiß nicht, ob er immer noch in diese Waffengeschäfte verwickelt ist. Aber hier könnte ein Motiv liegen. Diese Geschäfte haben ja nicht nachgelassen. Im Gegenteil. Unter Merkel sind sie noch intensiver geworden. Die einzige Bundesregierung, die das zurückgefahren hatte, ist unter Brandt gewesen."

„Möglich, dass es damit zu tun hat. Dann halte dich da am besten ganz raus. Das ist gefährlich. Sie könnten etwas anderes versuchen. Am besten starten wir gleich Morgen mit unserer Tour durch Südeuropa und nach Marokko. Ich habe Zeit. Ich nehme sie mir."

„Das geht nicht. Ich muss mich jeden Tag auf einer deutschen Wache melden. Ich bin noch nicht endgültig aus dem Gefängnis raus."

„Dann lass uns wenigstens bis zum Bodensee fahren. Die Hauptsache, du bist hier weg. Die wissen ja, wo du wohnst."

„Ich weiß nicht. Ich müsste die Sache mit dem Restaurator, mit Siewert, noch klären. Aber ich weiß nicht wie. Was soll ich ihm erzählen? Entschuldigen Sie bitte, ich saß zwei Wochen in der JVA? Der wird mich nicht mehr haben wollen."

„Es gibt noch andere Restauratoren. Siewert ist nicht der einzige."

„Aber bei ihm hätte es geklappt. Das habe ich gespürt. Er wollte mit mir arbeiten."

„Halte dich nicht daran auf. Ein Toter kann keine Fresken restaurieren."

„Male jetzt nicht so schwarz!"

Sie schweigen eine Weile. Bis Amelie sagte: „Ach, noch etwas, Karl. Das habe ich dir bei unserem letzten Telefongespräch, als du noch in der JVA warst, nicht erzählt. Ich wollte dich nicht beunruhigen. Franz hat mich besucht, hat nach dir gefragt. Er machte sich Sorgen. Du seist nicht mehr zu erreichen gewesen. Außerdem hättest du den Geburtstag des Vaters vergessen."

„Nicht beunruhigen? Warum?"

„Er wird eurem Vater ja alles berichtet haben. Das traue ich ihm zu. Und was er berichtet und wie er es berichtet, wissen wir nicht. Ich kann ihm nicht in den Kopf sehen. Er wollte dich auch besuchen, hat er aber bestimmt nicht. Sonst hättest du mir davon erzählt."

Karl hob die Augenbrauen. „Nein, besucht hat er mich nicht. Vielleicht hat er es versucht und sie haben es ihm nicht erlaubt. Hmm. Merkwürdig. Das mit dem Geburtstag ist Unsinn. Unser Vater hat es sich ausdrücklich verbeten, ihm zu gratulieren. Diesen Spleen hat er, seitdem er siebzig ist. Wir sollten diskret über die Jahre hinwegsehen. Dass ich nicht erreichbar war, stimmt natürlich. Vielleicht gab es etwas Wichtiges, was Franz mir mitteilen wollte."

„Ich traue ihm nicht."

„Ach was! Wir sind eine Familie. Ich hatte noch nie einen Grund, ihm zu misstrauen. Von den Zwillingen ist er der Zuverlässigere."

„Du hast aber selbst gesagt, dass du manchmal nicht weißt, was er denkt."

„Mag sein. Er ist verglichen mit Fritz eher introvertiert. Aber er würde mir nie beim Vater schaden wollen."

„Du weißt aber nicht, was er ihm erzählt hat."

„Nein, weiß ich nicht. Ich werde es aber herausfinden. Ich muss dem Vater sowieso noch einiges beichten, klare Fronten schaffen."

Karl nahm einen Schluck Rotwein. „Wird kein einfacher Gang, aber es muss sein."

„Noch etwas Karl. Ich habe Franz auch von dem Atelier erzählt und dass du Restaurator werden willst. Dass du dein Studium abgebrochen hast."

Sie sah Karl entschuldigend an. Aber der zuckte nur mit den Schultern, antwortete: „Macht nichts. Dann weiß mein Vater es eben. Er hätte es schon lange wissen sollen. Aber ich muss trotzdem mit ihm reden. Ich warte noch ein paar Tage ab. Dann fahre ich nach Mehlem. Brenner scheint kurz vor der Lösung des Falls zu sein. Er hat gesagt, dass es rasch gehen könnte. So habe ich ihn jedenfalls verstanden."

„Du willst wirklich nach Mehlem fahren?"

„Ja. Auftreten statt abtreten!"

33

„Halt die Klappe!" fuhr Franz seinen Zwillingsbruder an. „Du besorgst dir jetzt keine Weiber aus Bonn. Betrink dich meinetwegen mit Whisky. Das kann man wenigstens noch als Kummer deuten."

„Merkt doch keiner."

„Du Idiot. Daniel sieht mehr als du glaubst."

„Er steht doch auf unserer Seite."

„Das weißt du nicht. Der hat schon so lange dem Vater gedient, da warst du noch irgendwo im Universum."

„Aber Geld braucht der doch auch."

„Unsere Quellen sind nicht unerschöpflich. Wir haben in zwei Jahren Verluste von 1,8 Millionen eingefahren. Hast du deine Kredite jemals zurückgezahlt? Nein. Ich meine natürlich auch nicht. Aber das war viel weniger. Wenn wir das Passwort nicht knacken und sehen, wo der Alte das

Geld verbuddelt hat, ist Feierabend. Willst du das?"

„Nein."

„Dann sei wenigstens bis zur Beerdigung vernünftig."

„Was ist mit dem Notar? Wann eröffnet der das Testament?"

„Weiß ich nicht. Jetzt aber bestimmt nicht. Es gibt auch Regeln des Anstands. Meinst du, der verliest das bereits auf dem Friedhof! So etwas dauert bis zu sechs Wochen nach dem Tod."

„Ich will einfach wissen, wie das mit unserer Zukunft aussieht."

„Zum Wissen gehört auch Geduld. Du hast dir ja schon so das Gehirn vernebelt, dass du alles in Gefahr bringst."

„Einmal noch. Bitte!"

„Nein! Du rufst bei keinem Escortservice an. Wenn die Sache gelaufen ist, kannst du dich meinetwegen mit einem Harem umgeben. Das ist mir egal."

34

Brenners Fahndung lief auf Hochtouren. Bei der Verhaftung von ‚Shiny Flakes' im Februar hatten sie auch den Server mit den Kundendaten sichergestellt. Wer auf dem Portal Drogen bestellt hatte, als Zwischenhändler oder als Konsument, hatte sich ebenfalls strafbar gemacht. ‚Shiny Flakes', der noch bei seiner Mutter wohnte, hatte fleißig verteilt. 360 Kilo Betäubungsmittel hatte man sozusagen im Kinderzimmer gefunden.

Amphetamin-Paste, LSD-Trips, Extasy, Kokain, MDMA und 90 Kilo Hasch. Bei Shiny hatte man auch 48 000 Euro in Bar gefunden und er besaß Bitcoins für den Internethandel im Wert von über 300 000 Euro. Den Kunden, die aus aller Welt stammten, half es nicht, die gekaufte Ware zu vernichten. Die Bestelldaten waren erfasst. Manche redeten sich heraus, sie hätten zwar bestellt und bezahlt, aber dann sei Reue über sie gekommen. „Ich habe alles in die Toilette gespült", wurde treuherzig erklärt. Eine Haaranalyse aber bewies das Gegenteil. Marihuana beziehungsweise THC hatte nämlich die Eigenschaft, sich noch bis zu einem Jahr nach dem Genuss nachweisen zu lassen. Das Abarbeiten aller Kundendaten, sei es aus dem öffentlichen Internet oder dem Dark Net, das ein IT- Spezialist der Polizei geknackt hatte, nahm Zeit in Anspruch. Es würde noch Monate dauern, bis alle Hausdurchsuchungen erledigt waren.

„So lange können wir nicht warten", hatte Brenner seinem Kollegen Kowalski erklärt. „Wir haben zwar die Fahndungsbehörden, die wir in den Fall Shiny Flakes eingeschaltet haben, mit dem Phantombild versorgt Aber wenn unser Mann nicht bei ihm bestellt hat, stehen wir dumm da. Ich gebe ihn auch bei INPOL ein. Dann können sich alle das schöne Bild angucken."

INPOL war ein elektronisches Fahndungs-system. Der Computer stand im BKA, dem Bundeskriminalamt. Er gab verlässliche Auskunft: Wer wurde gesucht? Welche erkennungs-dienstlichen Hinweise liegen vor? Wer in dieser Fahndungsdatei landete, hatte es schwer unterzutauchen. Er konnte sich nur noch zu Hause verstecken und sich von Freunden mit dem Notwendigsten versorgen lassen. Jeder Gang und jede Fahrt mit dem Auto wurde zu einem unkalkulierbaren Risiko.

35

Zwei Tage später saßen Brenner und Kowalski frühmorgens in ihrem Büro. Kowalski hockte am Schreibtisch, kaute auf einem Butterbrot. Brenner machte sich an der Kaffeemaschine zu schaffen. Das Telefon klingelte. Kowalski nahm das Gespräch trotz seines vollen Mundes an. Brenner hörte, wie sein Kollege mehrmals murmelte „Ja. Ach ja. Ist ja interessant." Dann griff Kowalski nach einem Stift, zog einen Schreibblock zu sich herüber. „Warten Sie, ich schreibe das mit." Zum Schluss des eher einseitigen Gesprächs verabschiedete er sich mit „Danke. Wir überprüfen das."

„Was war denn?" wollte Brenner wissen. Kowalski schluckte den Bissen runter, den er noch im Mund hatte. „Vielleicht haben wir eine Spur. Das waren die Bonner, vom KK33, Rauschgiftermittlung. Sie haben das Phantomfoto gesehen. Der Kommissar sagte, wenn man sich die Brille und den Bart wegdenkt, könnte es ein ehemaliger Kollege sein. Alter, Größe, Statur würden passen. Aber er sei sich nicht sicher. Und jetzt kommt das Merkwürdige. Der ist bei denen rausgeflogen, weil er sich in der Asservatenkammer an einem Rauschgiftfund bedient hatte. Jetzt arbeitet er als

Privatdetektiv in Bonn. Ich habe mir den Namen aufgeschrieben. Markus Mühlenbeck heißt er. Hat auch eine eigene Website. Da könnten wir alle Daten finden. Adresse, Telefonnummer."

„Könnte eine heiße Spur sein", meinte Brenner. „Dann sehen wir uns den Knaben doch einmal auf seiner Website an."

Er fuhr den Computer hoch, gab die Daten in der Adressleiste ein. Die Startseite von Mühlenbecks Website erschien.

„Schön! Wie vertrauensvoll!" spottete Brenner. Auf die Eingangsseite hatte Mühlenbeck ein großes Foto gesetzt. Er selbst mit Hemd und Krawatte, freundliches Lächeln und Daumen hoch. „Ich ermittle für Sie und finde eine Lösung!" stand darunter. Und dann konnte man die einzelnen Rubriken anklicken: Fremdgehen, Untreue, Unterhalt, Sorgerecht, Bonitätsprüfung, Adressenermittlung, Diebstahl, Mobbing, Stalking, Vermisstensuche, Betrug. Eine erste kostenlose diskrete Beratung wurde angeboten. Im Falle eines Auftrages nahm er 50 Euro pro Stunde plus Nebenkosten. Zinsfreie Ratenzahlung war möglich. ‚Ich freue mich auf Ihren Anruf!' Adresse und Telefonnummer waren angegeben. Auch die Mobilnummer.

„Könnte er wirklich sein", meinte Kowalski. „Wenn man sich Brille, Schnäuzer, Kinnbart jetzt dazu denkt. Die Gesichtsform stimmt. Die etwas wulstigen Lippen hat er auch."

„Den werden wir uns auf jeden Fall näher ansehen", sagte Brenner. „Interessant ist ja auch, dass das Bankhaus Moor gar nicht so weit von

Bonn entfernt ist. Das sind ja nur ein paar Kilometer."

„Du willst nach Bonn?"

„Nein. Noch nicht. Wie willst du ihm beweisen, dass er in Leipzig war? Der wird das alles abstreiten. Und selbst, wenn wir es ihm beweisen könnten, etwa durch eine Gegenüberstellung mit der Wirtin oder Karls Freundin, sind wir damit nicht wirklich weiter gekommen. Es ist ja nicht verboten, in Leipzig in der Buttergasse zu sitzen oder im Bistro der alten Spinnerei. Wir müssen ihm nachweisen, dass er Karl das Marihuana untergeschoben hat. Und vor allem müssen wir auch seinen Auftraggeber finden."

„Was hast du vor?"

„Ich schalte unseren IT-Spezialisten ein, lasse sein Handy bzw. Smartphone abhören. Der bekommt eine Spionage-App aufgespielt, ohne dass er es merkt. Und natürlich lassen wir das Handy auch orten, damit wir ein Bewegungsprofil bekommen. Mich wundert, dass er so leichtsinnig ist, seine mobile Nummer anzugeben. Aber gut für uns."

„Dazu brauchen wir einen richterlichen Beschluss."

„Sei nicht so zimperlich!"

36

Markus Mühlenbeck stand in der Regel nicht allzu früh auf. Meistens wurde es Zehn, bis er im Morgenmantel die Treppe runterschlurfte und sich die Tageszeitung aus dem Briefkasten angelte. Dann setzte er sich einen Kaffee auf, begann zu lesen. An diesem Montag war es zuerst der Sport, danach kam der Lokalteil. Für Politik hatte er nichts übrig. Da überflog er nur die Überschriften. Man konnte die Gauner alle in einen Sack stecken und draufhauen. Man traf immer den Richtigen. Die Nachrichten aus aller Welt interessierten ihn auch wenig. Was hatte er davon, wenn man in Dubai ein neues Luxushotel eröffnet oder Di Caprio den Oscar bekommen hatte? In solch einem Hotel residieren konnte er nicht. Für den Oscar würde ihn auch niemand nominieren. Intensiver studierte er den Anzeigenteil. Seine Auftragslage war mies. Vielleicht suchte man jemanden für den Wachdienst oder den Personenschutz. Dann hätte er wenigstens ein regelmäßiges schmales Einkommen. Als er auf der letzten Seite gelandet war, stutzte er, spitzte die Lippen, pfiff überrascht. „Ach nee", murmelte er dann vor sich hin. „Was für ein Timing! Erst Karl, jetzt der Alte. So einfach lass ich mich nicht abspeisen." Er griff zu seinem Smartphone, suchte bei den Kontakten die Telefonnummer von Franz, tippte auf das grüne Symbol mit dem Hörer. Nach ein paar Sekunden meldete sich Franz mit einem „Ja. Bitte?"

„Mein herzliches Beileid", sagte Mühlenbeck. „Was für ein Unglück, dass jetzt auch noch euer Vater gestorben ist."

„Woher weißt du das?"

„Aus der Anzeige in der Zeitung. Hast du doch selbst geschaltet."

Franz fluchte: „Verdammt, hab' ich nicht. Das muss Daniel, unser Butler, gemacht haben. Wir haben ihm gesagt, er soll alles organisieren. Von einer Anzeige war nicht die Rede. Steht da auch, wann die Beerdigung ist?"

„Ja, Morgen um 14 Uhr."

Franz fluchte wieder. „So ein Idiot! Wir wollten keine Gäste. Aber jedenfalls danke für deinen Anruf."

„Gerne. Noch etwas. Ich rufe nicht nur an, um dir mein Beileid auszusprechen. Wie ist das mit der Restzahlung? Ich bin ein wenig klamm. Ihr habt doch jetzt ein ganzes Imperium."

„Die 40 000 bekommst du, wenn Karl verurteilt ist. So hatten wir das abgemacht. Also gedulde dich bitte noch etwas."

„Ihr habt gut reden. Ihr sitzt da in einem Schloss am Rhein, werdet von einem Butler verwöhnt, fahrt Ferrari, geht auf die Jagd. Was ihr sonst noch anstellt, will ich gar nicht wissen. Aber ich möchte, dass es mir auch etwas besser geht. Das musst du doch verstehen."

„Nichts verstehe ich. Du wirst großzügig entlohnt. Werde bitte nicht unverschämt und komme bloß nicht auf die Idee, mich erpressen zu wollen. Du bekommst dein Geld. Aber halte dich bitte an die Abmachung. So schnell können wir die Bank nicht übernehmen und mit den Scheinen um uns werfen. Ich will dir aber gerne noch ein Stück entgegenkommen."

„Du willst noch etwas mehr anzahlen?"

„Ja. Noch einmal 10 000. Und dann ist gut bis zum Urteil."

„Einverstanden. Wann?"

„Warte wenigstens bis nach der Beerdigung. Denke daran, dass du mit einem Trauerhaus sprichst. Wir haben unseren Vater sehr geliebt."

37

Die Zwillinge trafen sich im Pavillon. „Mühlenbeck macht Ärger", sagte Franz. „Der weiß, dass der Alte beerdigt wird und wir die Bank übernehmen. Er will mehr Geld."

„Er erpresst uns?"

„Er ist kurz davor."

„Woher weiß er, dass der Alte tot ist?"

„Daniel hat eine Traueranzeige in die Zeitung gesetzt."

„Wir hätten ihm nicht alles überlassen sollen."

„Du wolltest ja nicht. Dich erwischt man ja nur noch bei horizontalen Tätigkeiten."

„Maul du nur! Aber das mit Mühlenbeck gefällt mir nicht. Er darf uns nicht in der Hand haben. Was hältst du davon, wenn wir mit ihm auf die Jagd gehen?"

Franz winkte ab. „Vergiss es! Der ist nicht blöd. Außerdem war ich zweimal mit dem Ferrari da. Das fällt auf."

„Du willst also lieber zahlen?"

„Ja. Das ist der klügere Weg. Soll er doch sein ganzes Geld und meinetwegen noch etwas mehr bekommen. Wenn wir erst einmal im Banksystem des Alten drin sind, zahlen wir so etwas aus der Kaffeekasse und merken es nicht."

„Na gut. Mein schlauer Bruder hat mal wieder recht. Wann ist eigentlich die Beerdigung?"

„Morgen um 14 Uhr auf dem Mehlemer Friedhof. Dann haben wir die edle Aufgabe, dem Alten etwas Tannengrün nachzuwerfen."

„Wer kommt denn noch außer uns?"

„Woher soll ich das wissen? Jetzt, wo die Anzeige erschienen ist. Eigentlich waren nur wir beide vorgesehen und das übliche Personal. Der Pfarrer und die Männer, die die Kiste schleppen."

„Was ist mit Daniel?"

„Der muss hier bleiben. Wir dürfen die Villa nicht unbewacht lassen. Du weißt ja, wenn Beerdigungen anstehen, haben Einbrecher Hochkonjunktur."

„Und nach der Beerdigung? Du hast schon mit Daniel gesprochen?"

„Da gibt es einen Imbiss im ,Weinhäuschen am Rhein'. Also halte dich bitte heute Abend mit dem Whisky zurück. Wir müssen Morgen eine anständige Figur machen."

38

Früh am Morgen fuhr Karl Moor nach Bonn-Mehlem. Er hatte ein nervöses, mulmiges Gefühl. „Die Fahrt nach Canossa", dachte er. Er wollte dem Vater, falls der es nicht schon wusste, alles beichten. Dass er trotz des Studienabbruchs weiter Geld bezogen hatte und die Leitung der Bank nicht übernehmen würde. Er hätte schon eher die Katze aus dem Sack lassen müssen. Jetzt würde er ihm schonend die Gründe darlegen. Denn dass der Vater nicht bei bester Gesundheit war, wusste er. So wollte Karl vor allem um Verständnis bitten, sich für einen ganz anderen Lebensweg entschieden zu haben. Auf die Machenschaften des Bankhauses Moor würde er nicht zu sprechen kommen. Nur im äußersten Fall, wenn der Vater nicht das geringste Verständnis zeigen sollte, würde er Klartext reden wegen der Waffengeschäfte. Mit solchen Verwicklungen wollte er sich nicht belasten. Überhaupt wollte er mit Geldgeschäften nichts zu tun haben. Er dachte an den Heiligen Franziskus, der seinen Brüdern verboten hatte, Geld nur zu berühren. Der italienische Bettelmönch musste Gründe gehabt haben. Geld regierte die Welt. Und davon sollte sie eigentlich nicht regiert werden. Er erinnerte sich auch an ein Zitat von Henry Ford. „Wenn die Menschen wüssten, wie das Banken- und Geldsystem funktioniert, gäbe es noch eine Revolution vor morgen früh." Der deutsche Bundespräsident hatte Ford vor etwa zwei Jahren zitiert. Ausgerechnet bei einer Rede vor dem Deutschen Bankenverband. Er hatte heiteres Gelächter für diesen schönen Witz geerntet. Für Karl war der Zusammenbruch des Kapitalismus nur noch eine Frage der Zeit. Dass nur ein Prozent der Menschen auf der Welt so viel besaßen wie die übrigen 99, würde nicht gut gehen können. Die Nachrichten im Autoradio hoben seine Stimmung nicht. Man berichtete über die Panama Papers. Über Steuerhinterziehung, Geldwäsche, Briefkastenfirmen. Über 200 000 waren es. Auch zahlreiche deutsche Banken waren darin verwickelt. Ebenso Politiker und Regierungschefs, die ihrem Volk scheinheilig verkündeten, man müsse den Gürtel enger schnallen. Maximilian Moor, so viel wusste Karl, hatte keine Briefkastenfirma in Panama. Die war auf den Jungferninseln. Und so nebenbei erfuhr man bei den Nachrichten auch, dass die Waffenverkäufe verglichen mit dem Vorjahr wieder zugenommen hatten. Fand irgendwo auf der Welt ein Bürgerkrieg statt oder ein Massaker, entdeckte man garantiert auch deutsche Waffen. Das G3 und das G36 waren ein Exportschlager. Und verkaufte man nicht die Gewehre, so verdiente man an den Lizenzen und half beim Aufbau der Waffenfabriken. „Vaterland, Vaterland!" sagte Karl leise. „Worauf soll ich bei dir stolz sein? Ist das nicht ein verrottetes Saeculum?"

Gegen Mittag erreichte er Mehlem. Vor der Einfahrt zum Moorschen Anwesen hielt er kurz, holte den Funksender aus dem Handschuhfach. Lautlos schob sich das Tor auf. Den Kiesweg entlang fuhr er langsam durch den Park auf die Villa zu, hielt neben dem Landrover der Zwillingsbrüder. Die beiden anderen Wagen würden in der Garage stehen oder die Brüder waren unterwegs. Karl stieg die Stufen zum Eingang hoch, öffnete die Tür. Da kam ihm Daniel entgegen. Der Butler sah ihn für einen kurzen Moment mit offenem Mund an, als sei er einer Erscheinung begegnet. „Karl, ich dachte... Ach Gott, dann stimmt das gar nicht... nein, dass Sie..." Daniel holte tief Luft.

„Was stimmt nicht?"

„Dass Sie in Leipzig im Gefängnis sitzen."

„Wer hat das erzählt?"

„Ihr Bruder Franz, als er aus Leipzig zurück gekommen ist."

„Was genau hat er erzählt?"

„Ich war nicht dabei, habe nicht alles mitbekommen. Er hat morgens beim Frühstück mit Ihrem Vater geredet. Ich habe zufällig ein paar Sätze aufgeschnappt, als ich mich mit einer Kanne

Tee dem Raum näherte. Sie seien wegen Handel mit Rauschgift verhaftet worden. Wissen Sie denn gar nicht, was passiert ist?"

„Nein. Was ist passiert?"

„Ihr Vater ist nach dem Gespräch in sein Büro, hat dort telefoniert. Dann ist er zusammengebrochen. Franz hat ihn vor dem Schreibtisch liegend gefunden. Es war ein Infarkt. Dann..." Daniel stockte, vergrub sein Gesicht in den Händen..

„Und? Was ist mit unserem Vater?"

„Es ist gerade die Beerdigung."

39

Wer auf dem Mehlemer Friedhof seine Ruhe finden wollte, tat gut daran, die westliche Seite zu wählen. Die östliche grenzte an die B9 und an die Schienen der Bundesbahn. Die Züge donnerten im Minutentakt vorbei. Wer im Bistro eines IC oder ICE saß, sah beim Vorbeifahren nur kurz aus dem Fenster, lenkte den Blick rasch wieder auf den Kaffee, das Bier oder die Thüringer Würstchen und war froh, dass er noch mit einer gewissen Geschwindigkeit unter den Lebenden weilte. Der alte Moor hatte sich für das Gemeinschaftsgrab die westliche Seite ausgesucht. Hier lag schon seine Frau. Auf dem grauen, wuchtigen Basaltstein waren ihre Daten eingraviert. ‚Maria Moor, 1959 – 1991'. Darüber zog sich über den gesamten Stein wie ein schützender Bogen der Schriftzug ‚Tod, wo ist dein Sieg!'. Nicht als Frage. Ein Ausrufezeichen schloss den Satz triumphierend ab. Neben dem

Grab von Maria Moor war ein frisches ausgehoben. Der Sarg aber, der dort hinein sollte, stand noch mit weißen Lilien und roten Rosen geschmückt und mit einem Kranz am Fußende in der Kapelle des Friedhofs. Dort hatten sich zur Erleichterung der Zwillinge keine Trauergäste eingefunden. Nur der Kirchenchor der Gemeinde war mit zehn Mitgliedern anwesend und sang zum Beginn der Trauerfeier ‚Jesus bleibet meine Freude!' Maximilian Moor hatte zwar nie die Kirche besucht, aber einige Male großzügig für Sanierungen gespendet. Die Zwillinge saßen still und regungslos in schwarzen Anzügen und mit ernsten Mienen in der ersten Bank. Nur einmal stieß Fritz seinen Bruder an und fragte: „Der Pfarrer da vorne, ist der evangelisch oder katholisch?"

„Katholisch wie der Vater und wie wir", antwortete Franz leise. „Weißt du das denn nicht? Du musstest es doch oft genug bei Formularen ankreuzen."

„Ich habe immer evangelisch angekreuzt. Römisch bin ich doch nicht."

„Da stand römisch-katholisch, du Idiot. Du musst dein Abitur gekauft haben."

Nach dem Lied lauschten die Zwillinge andächtig den Worten des Pfarrers. „Liebe Familie Moor, liebe Weggefährten, liebe Gemeinde in Trauer! Wir haben uns hier versammelt, tief traurig, erschüttert, aufgewühlt und nehmen jetzt Abschied von einem Mann, der seinen Söhnen ein guter Vater war und unsere Gemeinde nach Kräften unterstützt hat. Die Nachricht von seinem Tod traf uns unvorbereitet. Plötzlich wurde er mitten aus dem Leben gerissen. Doch er ist nun gut behütet wie uns der Psalm 139 verkündet. ‚Ich gehe oder liege, so bist du um mich und siehst alle meine Wege. Von allen Seiten umgibst du mich und hältst deine Hand über mir.' Deshalb sollte sich in unsere Trauer auch Zuversicht mischen. Der Verstorbene lebte unauffällig und bescheiden. Trotz eines gewissen Reichtums, den er liebevoll teilte…"

Fritz war eingenickt. Franz stieß ihn diskret in die Seite und flüsterte: „Halt durch! Gleich ist es vorbei." Ein paar Minuten später sagte der Pfarrer endlich: „Gehet hin in Frieden!" Die Träger kamen, hoben den Sarg an, schritten langsam aus der Kapelle. Ihnen folgten gleich hinter dem Pfarrer mit gesenkten Köpfen die Zwillinge. Der Sarg senkte sich in die Grube. Der Pfarrer besprengte ihn mit Weihwasser, sprach den Reisesegen. Franz griff nach dem Schäufelchen, das in einem Häuflein Erde steckte, nahm auch einen Zweig Tannengrün. Doch ehe er den letzten Gruß schicken konnte, kam ihm jemand zuvor. Karl stand vor dem Grab und warf einen Strauß weißer Rosen hinein.

40

Zur gleichen Zeit, als man Maximilian Moor zu Grabe trug, betrat der IT-Spezialist Brenners Büro. Der Kommissar war gerade aus der Kantine gekommen. Kowalski ließ sich noch Zeit. „Ich habe etwas für Sie", sagte der Informatiker. „Aufzeichnung eines Telefongesprächs von gestern Morgen."

„Gestern Morgen? Warum kommen Sie erst jetzt?"

„Was haben Sie für eine Vorstellung von meiner Arbeit?" knurrte der zurück. „Ich bin allein, kann nicht jedes Gespräch live mithören, muss erst selber all die Aufzeichnungen überprüfen. Oder glauben Sie, ich sitze da mit zwanzig Handys am Ohr? Außerdem habe ich noch andere Aufgaben. Sie wissen doch, dass die Kriminalität im Internet lawinenartig zunimmt. Dann müsst ihr eben mehr Leute einstellen und besser bezahlen. Die wandern nämlich lieber nach Australien aus."

„Schon gut", winkte Brenner ab. „Weiß ich ja. Um welche Nummer geht es?"

„Mühlenbeck. Hören Sie selbst!"

Der Kollege legte ein kleines Aufnahmegerät auf den Schreibtisch, drückte auf Wiedergabe. Nach einem kurzen Rauschen hörte man Mühlenbecks Stimme. „Was für ein Unglück, dass jetzt auch noch euer Vater gestorben ist." Kurz darauf folgten die Sätze. „Die 40 000 bekommst du, wenn Karl verurteilt ist. So hatten wir das abgemacht. Also gedulde dich bitte noch etwas." Brenners Augen zogen sich zusammen. Er spitzte die Lippen. „Dann haben wir das Vögelchen ja", sagte er. „Wer ist der Gesprächspartner von Mühlenbeck?"

„Ein Franz Moor."

Ein paar Minuten später erschien Kowalski. „Hier, hör dir das mal an!" forderte Brenner ihn auf. „Das ist der endgültige Beweis."

„Wie kann man nur so leichtsinnig sein", meinte Kowalski, nachdem er die Aufzeichnung gehört hatte. „Als ehemaliger Polizist und jetzt als

Privatdetektiv muss er doch wissen, welche Möglichkeiten wir haben."

„Er hat sich sicher gefühlt, nicht mit einem Phantomfoto gerechnet."

„Und jetzt?"

„Karl Moor informieren. Er soll sich unbedingt von seinen Brüdern fernhalten, nichts selbst unternehmen."

„Und dann?"

„Nehmen wir diesen Franz fest. Ob auch der andere Zwillingsbruder damit zu tun hat, wissen wir noch nicht."

„Festnehmen? Du meinst festnehmen lassen. Wir müssen die Bonner um Hilfe bitten."

„Soll ich ein Rechtshilfeersuchen beantragen, bis nächste Woche warten? Wir machen das selbst."

„Das ist nicht unser Revier."

„Die Tat ist in Leipzig geschehen."

„Aber in Bonn ausgeheckt worden."

„Sei nicht so spitzfindig!"

Brenner tippte Karls Handynummer. Aber Karl Moor meldete sich nicht. Das Handy war ausgeschaltet. Sofort danach rief er bei Karls Freundin an. Die würde wissen, wo Karl sich aufhielt. „Er ist heute Morgen gefahren", sagte sie. „Er wollte unbedingt mit seinem Vater sprechen."

„Und?" fragte Kowalski ihn nach dem Anruf. „Wo ist er?"

„Er ist heute morgen nach Mehlem gefahren."

Brenner sah auf die Uhr. „Das Handy hat er ausgeschaltet, weil er wahrscheinlich auf der Trauerfeier ist."

„Du? Ich dachte…" Franz war bleich geworden, hatte sich aber bald wieder in der Gewalt. Er warf die Erde auf den Sarg, das Tannenreisig hinterher. „Wir müssen nachher reden", flüsterte er. „Wir treffen uns unten am Rhein, im ‚Weinhäuschen'."

„Du hättest mir Bescheid sagen müssen."

„Du warst nicht zu erreichen."

„Was soll die Komödie! Wir sprechen uns zu Hause."

Karl wandte sich ab und ging. Als nächster warf Fritz Erde und Tannengrün. Dann folgten die Mitglieder des Kirchenchores und kondolierten. Auf dem Weg zum Ausgang des Friedhofs tuschelten die Brüder miteinander.

„Was sollen wir tun?" fragte Fritz. „Wie kommt der überhaupt frei?"

„Mühlenbeck muss einen Fehler gemacht haben."

„Und jetzt?"

„Weiß ich noch nicht."

„Du und deine Scheißpläne!"

„Es war alles gut organisiert."

„Das sehe ich."

„Verfall nicht in Panik, Brüderchen! Wir lösen das schon."

„Was hat Franz noch dem Vater erzählt, Daniel?" fragte Karl. „Sie wissen bestimmt wieder mehr, als Sie zugeben wollen."

„Er hat gesagt, dass Sie mit Drogen gedealt hätten und für mindestens fünf Jahre im Gefängnis bleiben müssten."

„Das hat er als Tatsache hingestellt?"

„Ja."

„Und weiter. Was noch?"

„Dass Sie Ihr Studium abgebrochen hätten, die Bank nicht übernehmen wollten. Sie wüssten andere Wege, um an Geld zu kommen."

„Weiter!"

„Sonst nichts. Aber er hat nicht gut über Sie geredet. Dann hat er dem Vater einen Zettel gegeben mit der Telefonnummer des Gefängnisses."

„Damit ist der Vater ins Büro gegangen und hat telefoniert?"

„Ja."

„Was wissen Sie noch, Daniel?"

„Ihre Brüder waren öfter im Büro des Vaters. Was sie da gemacht haben, weiß ich nicht. Aber ich habe sie manchmal schimpfen hören. Ich glaube, sie haben nach dem Passwort für den Computer gesucht."

„Und?"

„Ich weiß es nicht. Aber einmal habe ich mitbekommen, wie Franz gesagt hat, sie wollten nichts überstürzen. Erst einmal warten, bis der … bis Ihr Vater beerdigt ist."

„Warum wollten Sie eben nicht mit mir auf den Friedhof? Was ist der wahre Grund?"

„Franz hatte es mir verboten. Ich sollte hier die Villa bewachen."

„Das alles hätte ich Franz nicht zugetraut. Und Fritz?"

„Der macht doch alles, was sein Bruder ihm sagt. Damit er seinen Lebensstil fortführen kann."

„Welchen?"

„Ach, lassen Sie mal, Karl! Ich kann nicht alles erzählen. Schließlich wollen mich die Beiden als Butler behalten. Eine neue Anstellung findet man nicht so leicht. Nicht in meinem Alter."

43

Nur eine halbe Stunde später fuhr der Ferrari vor. Die Zwillingsbrüder hatte es nicht lange beim Leichenschmaus gehalten. Zuerst stieg Fritz aus, ging aber in Richtung Pavillon. Franz dagegen nahm nur ein paar Sekunden später die Stufen hoch zur Villa, schloss die Tür auf, betrat das Atrium. „Wo ist Karl?" fragte er Daniel, der ihm entgegen kam.

„Er hat ja noch sein Zimmer. Ich glaube, da ist er", antwortete der Butler.

„Er hat dich ausgefragt?"

„Er wollte nur wissen, wie das mit dem Vater passiert ist."

„Sonst nichts?"

„Sonst nichts."

„Er war auch im Büro?"

„Nicht dass ich wüsste. Ich war in der Küche beschäftigt."

Franz eilte die Stufen hoch in den ersten Stock, wo Karl neben der Suite von Fritz noch ein Zimmer hatte. Ohne anzuklopfen drückte er die Klinke, riss die Tür auf. „Ach, hier bist du!" sagte er erstaunt, als hätte er ihn da nicht vermutet.

„Ja, hier bin ich. Scheint euch nicht so angenehm zu sein. Wo ist Fritz?"

„Der ist im Pavillon. Das hat ihn alles sehr mitgenommen. Ich glaube, er braucht jetzt erst einmal einen Whisky. Du kennst ihn ja."

„Ja. Vielleicht kenne ich ihn. Dich aber nicht. Was hast du alles dem Vater erzählt?"

„Nur das, was Amelie mir gesagt hat. Du weißt doch sicher, dass ich bei ihr war."

„Ja, weiß ich. Musstest du unserem Vater erzählen, dass ich das Studium abgebrochen habe? Ich hätte es ihm gerne selber gesagt."

„Wann denn? Ich musste doch davon ausgehen, dass wir dich für eine gewisse Zeit hier nicht mehr sehen können. Konnte ich ahnen, dass du jetzt hier bist? Was ist überhaupt passiert? Hast du deine Unschuld beweisen können? Oder hast du von der Beerdigung erfahren und man hat dir Freigang gewährt?"

„Erfahren? Von wem denn? Hätte ich doch nur von euch erfahren können."

„Wir haben es versucht. Ich habe im Büro des Leiters der JVA angerufen und Bescheid gesagt. Sie haben die Nachricht nicht weitergeleitet an dich. Du selbst kannst ja keine Anrufe empfangen. Eine SMS oder Mail ist auch nicht möglich."

„Du hättest einen Brief schreiben können."

„Einen Brief! Wir hatten hier so viel um die Ohren. Da kommst du nicht dazu, einen Brief zu schreiben. Wir waren ja so durcheinander, dass wir noch nicht einmal alles für die Beerdigung organisieren konnten oder Traueranzeigen verschickt haben. Das ist alles auf uns eingestürzt. Du hast ja gesehen, wer auf dem Friedhof war. Da waren nur ein paar Mitglieder vom Kirchenchor."

„Die haben es aber gewusst. Warum?"

„Sie werden es vom Pfarrer gewusst haben. Im Wesentlichen hat Daniel alles erledigt."

Franz wanderte unruhig im Raum umher, während Karl auf einem Stuhl an seinem Schreibtisch saß und ihn beobachtete. Franz ging zum Fenster, sah hinaus in den Park. Er strich sich mit der Hand über die Haare, drehte sich um.

„Karl, bitte, versuche es zu verstehen. Es war nicht böse gegen dich gemeint. Wir sind mit der Situation nicht klar gekommen. Vor allem Fritz nicht. Der hat ja nur noch an der Flasche gehangen. Irgendwann muss er in eine Therapie. Hilf mir bitte, das alles zu bewerkstelligen. Für mich alleine ist das zu viel. Jetzt, wo deine Unschuld bewiesen ist, hast du doch Zeit."

„Nichts ist bewiesen", antwortete Karl. „Ich muss mich heute noch auf der Polizeiwache melden. Das ist die Auflage, die ich habe."

„Nichts bewiesen? Wie darf ich das verstehen?"

„Ich bin beobachtet worden, ausspioniert. Das wissen die Kommissare. Bewiesen ist auch, dass der Typ, der mich observiert hat, das Rauschgift schon dabei hatte. Man muss ihn noch finden."

„Man weiß, wer das war?"

„Nein, ich weiß nur so ungefähr, wie er aussah. Mehr wissen auch die Kommissare nicht, die mit dem Fall beschäftigt sind."

Franz strich sich mit der Hand über das Kinn, legte die Stirn in Falten. Es schien, als wollte er Karl weiter ausfragen. Aber dann besann er sich, entfernte sich vom Fenster, blieb neben seinem Bruder stehen.

„Okay", sagte er, „wir haben Fehler gemacht. Wir schaffen das alles nicht alleine. Was soll zum Beispiel aus der Bank werden? Wir haben keine Ahnung. Der Vater hat uns ja immer von den wirklich wichtigen Geschäften ferngehalten. Wir durften noch nicht einmal sein Büro betreten. Wie soll das jetzt weiter gehen? Dich hat er damals wenigstens zwei Jahre lang eingearbeitet. Uns hat er nur etwas Geld zur Verfügung gestellt und gesagt, wir sollten durch Kreditvergaben mehr daraus machen. Aber das wirst du ja alles schon wissen. Er hat immer große Stücke auf dich gehalten. Du solltest ja sein Nachfolger werden. Wie soll das mit der Bank weiter gehen? Fritz ist nicht in der Lage dazu. Ich alleine traue mir das auch nicht zu. Du musst das übernehmen."

„Ich habe etwas anderes vor, als mich auf dubiose Geschäfte einzulassen. Wird Amelie dir ja wohl erzählt haben, dass ich ein Atelier gemietet habe."

„Dann hilf mir wenigstens, dass ich mich einarbeiten kann. Ich komme ja noch nicht einmal in das System, kenne keine Konten, keine Kunden, nichts. Das ist blamabel. Wer soll die Bank weiterführen wenn nicht du?"

„Euch fehlt also das Passwort."

„Du kennst es?"

„Ja, wenn er es nicht geändert hat. Das glaube ich aber nicht."

„Warum?"

„Weil es sehr persönlich ist. Um es herauszufinden, müsstet ihr ihn exhumieren lassen. Ihr seid zwar manchmal Galgenvögel. Aber so weit werdet ihr ja nicht gehen."

44

„Ich merke", sagte Franz, „du traust uns nicht. Was können wir dagegen tun?"

„Die Bank auflösen. Wisst ihr denn nicht, was das für Geschäfte sind?"

„Nein. Woher?"

„Nun gut. Dann sage ich es dir. Auf dieser Villa lasten Tausende von Toten. Durch Transaktionen für Waffenexporte. Zwar hat man nicht selber den Finger am Abzug, aber im Grunde weiß man, was mit einem G3 oder G36 passiert, wenn man es nach Mexiko oder Saudi Arabien verkauft. Da helfen auch keine Auflagen. ‚Ihr dürft die Gewehre aber nicht weitergeben!' Wer kontrolliert das? Wer kann es kontrollieren? Niemand! Und dann landen die Gewehre zum Beispiel im Sudan und richten Massaker an. Oder sie landen in Mexiko in den verbotenen Provinzen, wo Drogenbarone Jagd auf missliebige Menschen machen. Die Bundesregierung weiß das. Ich will damit nichts zu tun haben. Ich will mein Leben damit nicht belasten. Da male ich lieber ein paar Bilder oder restauriere alte

Fresken. Mich könnt ihr hier nur einsetzen, um das Bankhaus Moor aufzulösen. Aber nicht ihr löst die Bank auf. Das mache ich. Eure Kreditabteilung könnt ihr meinetwegen behalten. Aber schröpft die Leute nicht mit hohen Zinsen."

Franz ging zur Tür, öffnete sie, schloss sie gleich wieder. „Ich wollte nur nachsehen", sagte er, „ob Daniel lauscht. Er hat große Ohren und man weiß bei ihm nie. Am besten, wir reden im Pavillon weiter. Wahrscheinlich braucht Fritz auch Zuspruch, falls er nicht schon im Koma liegt. Ich muss mit Daniel erst noch ein paar Dinge regeln wegen der Kosten für die Beerdigung. Er wartet sicher darauf, befürchtet am Ende noch, dass er darauf sitzen bleibt. Er hat es nämlich aus eigenen Ersparnissen vorgelegt. Du weißt ja, wie ängstlich die Leute sind, wenn sie ein schmales Portemonnaie haben."

„Ja, gut", sagte Karl. „Ich geh und rede mit Fritz."

45

„Scheißverkehr!" schimpfte Brenner, als sie sich dem Autobahnkreuz Leverkusen näherten. „Sie produzieren Autos wie die Wilden, wissen aber nicht wohin damit. Es gibt mehr Staus als fließenden Verkehr. War das früher bei euch auch so schlimm?"
„So nicht."
„Siehst du. Der Sozialismus hat auch Vorteile."

Der Kommissar ließ die Seitenscheibe herunter, pflanzte das Blaulicht auf.

„Das kannst du hier nicht machen", wandte Kowalski ein. „Wir sind in Nordrhein-Westfalen."

„Zivilcourage, mein Lieber!"

„Es gibt Dienstvorschriften."

„Klar! Damit entschuldigen wir uns später beim Herrgott."

„Es kommt auf eine halbe Stunde nicht an."

„Das wissen wir nicht."

Eine Gasse bildete sich auf der Autobahn. Brenner lenkte den Wagen hindurch. „Welche Strecke willst du weiter nehmen?" fragte Kowalski.

„Am Kreuz Bonn-Ost über die Autobahnbrücke, dann weiter auf der B9 nach Mehlem."

„Soll ich das Navi einschalten?"

„Ach was!" antwortete Brenner. „Ich habe jahrelang in Köln gearbeitet. Ich kenne die Gegend. Aber schalt den Verkehrsfunk ein. Wir müssen wissen, wie das auf der anderen Rheinseite bei Bonn aussieht. Dieses Schneckentempo geht mir auf die Nerven."

46

Der Pavillon war eigentlich kein Pavillon. Die Zwillinge nannten ihn so. Früher war es ein aus Fachwerk gebauter Geräteschuppen von etwa fünfzig Quadratmetern gewesen. Maximilian Moor hatte ihn liebevoll restauriert, innen eingerichtet, mit einer Küchenzeile versehen, mit einem Bad, einem Kamin, einer gemütlichen Sitzecke und einer Schlafcouch. Die Balken innen hatte er erneuern lassen, um den Fachwerkcharakter des Häuschens zu bewahren. Auch neue Fenster waren eingebaut worden, die mit ihren Butzenscheiben etwas Heimeliges und nostalgisch Dekoratives verbreiteten. Hier hatte er in den ersten Ehejahren manchen Abend, manche Nacht mit seiner Frau verbracht. Vor dem Gartenhaus war eine Laube, in der sie im Sommer gesessen, ein Glas Wein getrunken, auf den Rhein geschaut hatten, wo die Personenschiffe mit leuchtenden Lichtern und Lampions vorbeigezogen waren. Manchmal klang Tanzmusik zu ihnen herüber. Der Rhein hatte seine besondere Romantik. Aber seit dem Tod seiner Frau hatte er das Gartenhaus nicht mehr betreten, es Karl und den Zwillingen überlassen. Zuletzt war es nur noch Fritz gewesen, der sich hier mehr und mehr eingerichtet hatte und seiner Sehnsucht nach einer finalen Erotik nachging, die indes abglitt in das unermüdliche Bestellen immer neuer Frauen und in den Überdruss der Langeweile. Aber Fritz kam davon nicht los. Es war zur Sucht geworden wie der Whisky, den er jeden Abend und manchmal auch am Tage hier trank.

Als Karl den Pavillon betrat, lag Fritz auf der Couch, hatte auf einem kleinen, mit marokkanischem Mosaik belegten Tisch ein Glas und eine halb leere Flasche Whisky stehen, starrte an die Decke. Als sein Bruder in den Raum kam, bewegte er nur kurz den Kopf zur Seite und erwiderte dessen Gruß mit einem müden „Hallo!"
„Freust dich ja sehr, mich zu sehen", sagte Karl.

„Doch, doch", antwortete Fritz und sah wieder an die Decke.

„Wir müssen miteinander reden", versuchte Karl ein Gespräch zu beginnen.. "Es wird einiges zu regeln geben."

„Ja", sagte Fritz. „Es gibt einiges zu regeln."

„Du hast kein Interesse daran?"

Fritz sah kurz zu seinem Bruder hin, dann musterte er wieder die Decke. „Doch. Aber es ist alles so verfahren."

„Was ist verfahren?"

„Alles eben. Die Arbeit ist monoton und langweilig. Eine richtige Freundin finde ich auch nicht. Der Franz schnauzt mich oft an. Der Vater hat mich für dumm gehalten. Mir ist zur Zeit alles egal. Außer wenn die Flasche da leer ist."

„Lass dich nicht so treiben. Du bist erst 25."

„Na und? Mir ist eben alles egal. Auch was der Franz treibt."

„Was treibt er denn?"

In diesem Augenblick betrat Franz den Pavillon. Er hatte ein Gewehr in der Hand, richtete es auf Karl. „Du wirst uns jetzt das Passwort verraten!"

47

Brenner fluchte. Die Autobahnbrücke über den Rhein nach Bonn war wegen eines umgekippten LKW's gesperrt. Sie waren noch auf der A3 kurz vor Köln-Mülheim.

„Da können wir nicht rüber", sagte er. „Auch nicht mit Blaulicht. Das gibt nur Ärger."

„Und? Was hast du jetzt vor?" fragte Kowalski.

„Wir bleiben auf der A3 bis zur Ausfahrt Königswinter, nehmen dort die Fähre nach Mehlem."

Hinter Mülheim hörte der Stau auf. Der Verkehr war immer noch dicht, stockte manchmal, bis er nach dem Dreieck Heumar rascher floss. Brenner hatte immer noch das Blaulicht eingeschaltet, hielt sich nur auf der linken Spur. Tauchte vor ihnen ein Fahrzeug auf, trommelte er mit den Fingern auf das Lenkrad, fuhr dicht heran, bis der Wagen vor ihnen auf die mittlere Spur wechselte. Sie passierten Rösrath, Siegburg, Hennef. Dann kam die Ausfahrt Königswinter. Sie nahmen die Serpentinen hinunter in den Ort, wurden zweimal während der Fahrt geblitzt. Als sie Königswinter erreichten, hatte die Fähre gerade am Ufer angelegt. Die erste Wagenreihe verließ das Deck. Brenner wartete, bis der letzte Wagen dieser Reihe die Fähre verlassen hatte. Dann fuhr er an der Autoschlange, die auf die Überfahrt nach Mehlem wartete, vorbei, ließ auf der Fähre das Blaulicht weiter eingeschaltet, stieg aus, lief die Stufen zur Kapitänsbrücke hoch, hielt dem Fährmann den Ausweis unter die Nase. „Wir sind im Einsatz. Warten Sie, bis alle Wagen runter sind. Dann legen Sie sofort ab!"

Als der letzte Wagen das Deck verlassen hatte, schloss sich die Schranke. Der Dieselmotor der Fähre sprang an. Wasser schäumte auf. Brenner war wieder zu Kowalski gestiegen. „Ist doch schön", sagte er, „der Rhein im frühen Abendlicht."

48

„Was soll das?" fragte Karl verwundert.

„Das Passwort!" Franz stand im Türrahmen, richtete den Lauf des Gewehres auf seinen Bruder. Fritz hatte sich von der Couch aufgerichtet.

„Seid ihr jetzt völlig durchgeknallt?" fragte ihn Karl.

„Ist sowieso alles verfahren, kommt jetzt nicht mehr darauf an", antwortete Fritz.

„Nichts ist verfahren", sagte Franz. „Wir brauchen das Passwort. Du weißt es. Was sollte das heißen? Um an das Passwort zu kommen, müssten wir den Vater exhumieren lassen?"

„Es ist auf seinem Ehering eingraviert. Der Name unserer Mutter und dann das Datum, wann sie sich kennen gelernt haben. Das findet ihr nie heraus. Und ich sage es euch nicht."

„Du wirst es uns sagen."

„Du willst deinen eigenen Bruder erschießen? Dann erfährst du es nie. Mit der Nummer kommt ihr nicht durch. Was soll dieses Theater?"

„Wir kommen damit durch. Sagst du uns das Passwort nicht, haben wir wenigstens noch die Villa und den Wald bei Eichenbach. Das müssen wir dann nicht mehr mit dir teilen. Wenn die Nacht gekommen ist, wird Fritz deine Kleider anziehen, dein Auto zur Fährstraße fahren, die Fahrertür öffnen und es in den Rhein schieben. Man wird dich nicht finden. Der Rhein ist tief und die Nordsee noch tiefer. Man wird denken, dass du dich aus Verzweiflung umgebracht hast. Wegen dem Marihuana, wegen dem Vater, der aus Kummer gestorben ist. In Wirklichkeit schaffen wir dich nach Eichenbach. Da wirst du in unserem Wald begraben und kommst uns nicht mehr in die Quere. Das Passwort also!"

„Wenn ihr es habt, werdet ihr mich trotzdem umbringen. Ihr habt dann ja keine andere Wahl."

„Haben wir. Du bleibst hier so lange gefangen, bis wir alles geregelt haben und untertauchen können."

„Man wird euch jagen und finden."

„Untertauchen ist eine Frage des Geldes. Man wird uns nicht finden."

„Wie soll das gehen? Mich hier gefangen halten?"

„Wirst du sehen. Du wirst von uns gut versorgt. Ich gebe dir mein Ehrenwort."

„Dein Ehrenwort! Was ist das wert? Wahrscheinlich steckst du auch dahinter, dass ich ins Gefängnis musste."

„So? Meinst du? Mach dem Brüderchen jetzt Platz, Fritz!" befahl Franz seinem Zwillingsbruder. „Und du Karl, du setzt dich dahin! Versuche nicht irgendwelche Tricks!" Franz machte die Tür zu, drehte den Schlüssel um, der innen steckte, ging in die Mitte des Raums, hielt das Gewehr weiter auf Karl gerichtet, der sich auf den Rand des Sofas setzte.

„Das Passwort!"

„Daniel wird den Schuss hören."

„Daniel ist taub, wenn er Geld bekommt."

„Man wird die Spuren finden."

„Das Sofa schaffen wir auch weg."

„Könnt ihr nicht bis zur Eröffnung des Testaments warten? Es ist genug Geld da."

„Denken wir auch" sagte Franz, „dass genug da ist. Aber es wird da nicht drin stehen. Du weißt, wo es verbuddelt ist, wir nicht. Und da kommt auch noch mehr dazu. Erst neulich war ein arabischer Scheich hier und ein Staatssekretär vom Wirtschaftsministerium." Franz wandte sich an seinen Zwillingsbruder: „Der Idiot will unsere Bank auflösen. Bloß weil der Alte an Waffenlieferungen verdient hat. Wie edel!"

„Es hilft euch nichts, wenn ihr wisst, wo es ist. Ihr kommt nicht dran."

„Wir kommen dran." Franz sah auf die Uhr. „Ich gebe dir genau drei Minuten. Überleg es dir. Du entscheidest, was passiert."

49

„Du hast noch eine halbe Minute. Es täte uns leid um dich."

Franz sah abwechselnd auf die Uhr, dann zu Karl.

„Verrate doch das Passwort!" sagte Fritz, der in sich gekauert auf einem Stuhl hockte. „Sei nicht so stur!"

„Wie kann ich euch glauben? Wenn ich es euch sage, habt ihr euer Ziel erreicht. Das ist mein Todesurteil."

„Lass es sein, Franz!" bat Fritz. „Das geht zu weit."

„Es gibt kein Zurück. Oder willst du in den Knast?"

Er sah wieder auf die Uhr. „Du hast noch fünf Sekunden." Er zählte leise mit, legte das Gewehr auf Karl an, schob den Zeigefinger an den Abzug. Fritz verbarg sein Gesicht in den Händen.

Es war fast gleichzeitig zu hören. Der Schuss, das Splittern von Glas, der Aufschrei von Franz, der das Gewehr fallen ließ, zu Boden ging und sich ans Fußgelenk fasste. Nur ein paar Sekunden später wurde die Tür eingetreten. Brenner erschien mit der Pistole in der Hand, hinter ihm Kowalski, dahinter Daniel. Der Kommissar hob das Gewehr auf, reichte es Kowalski, beugte sich zu Franz. „Fußgelenk", sagte er. „Eigentlich wollte ich etwas höher treffen. Ruf den Rettungswagen und sag auf der Mehlemer Wache Bescheid!" wies er Kowalski an.

Zwanzig Minuten später wurde Franz in den Rettungswagen geschoben, Fritz in Handschellen abgeführt. „Wir werden Ärger bekommen", meinte Kowalski. „Auf keinen Fall!" antwortete Brenner. „Das war Gefahr im Verzug."

Karl sprach wenig an diesem Abend. Ein paar Minuten saß er noch mit Daniel in der Küche zusammen, dann zog er sich auf sein Zimmer zurück, rief Amelie an. Am nächsten Morgen fuhr er nach Leipzig. Der erste Gang führte ihn ins Präsidium, um dort alles zu Protokoll zu geben. „Sie sind ja buchstäblich in letzter Sekunde gekommen", meinte er zu Brenner. „Nicht ganz", sagte der Kommissar. „Wir waren etwas vorher da. Ihr Butler hat uns sofort das Tor aufgemacht und uns zum Gartenhaus geführt. Er muss etwas geahnt haben. Durch das Fenster habe ich gesehen, was innen ablief. Man konnte es auch gut hören. Wir kamen in dem Moment, als Fritz sozusagen ein gutes Wort für Sie einlegte. Aber dann hat Franz angefangen zu zählen und den Finger an den Abzug gelegt. Da musste ich handeln. Was glauben Sie? Ob er abgedrückt hätte? Das Gewehr, wie wir jetzt wissen, war immerhin geladen."

„Ich weiß es nicht", antwortete Karl.

„Der Mann auf dem Phantomfoto ist übrigens heute Morgen festgenommen worden" gab Brenner weiter Auskunft. „Ein gewisser Markus Mühlenbeck aus Bonn. Privatdetektiv. Die Bonner Kollegen haben das für uns erledigt. Er hat alles gestanden. Was sollte er jetzt, nach der Lage der Dinge, auch tun? Er war von Franz beauftragt und bezahlt worden. Da gab es nichts mehr zu leugnen."

„Ich muss mich auch weiterhin auf einer Wache melden?"

„Ich bitte Sie! Natürlich nicht! Verreisen Sie, wohin Sie wollen!"

50

Amelie musste er die Ereignisse mehrmals erzählen. Auch sie fragte: „Ob Franz abgedrückt hätte?"

„Ich weiß es nicht."

„Was ist mit Fritz? Er wird auch verurteilt?"

„Wahrscheinlich ja. Aber er bekommt weniger. Franz war der Rädelsführer."

„Du bist froh, dass es vorbei ist, nicht wahr?"

„Ja und Nein. Die Geschichte mit dem Marihuana ist vorbei. Aber ich habe eine Familie verloren. Vielleicht habe ich sie allerdings auch nie gehabt."

„Was ist mit Siewert, dem Restaurator?"

„Da sind die Aussichten besser. Brenner kommt mit, um alles offiziell zu bestätigen. Er hat es mir angeboten. Alleine kann ich das nicht. Siewert würde das sonst vielleicht für eine erfundene Geschichte halten Es gibt also Hoffnung."

„Und wir?"

„Wir packen nach dem Gespräch mit Siewert alles in den Wagen und fahren nach Marokko. Durch Frankreich legen wir die Tour bitte so, dass wir uns romanische Kirchen ansehen können."

„Du willst die Eröffnung des Testamentes nicht abwarten?"

Karl winkte ab. „Das hat Zeit. Damit will ich jetzt nichts zu tun haben."

„Und Daniel?"

„Hat Ersparnisse. Er bleibt in der Villa. Welche Anteile er bekommt, wird sich zeigen. Der Vater wird ihn im Testament bedacht haben. Wenn nicht, springe ich ein. Und das Bankhaus Moor wird aufgelöst. Mit Waffenhandel darf der Name nicht mehr in Berührung kommen. Was mit dem Geld passiert, das der Vater bei verschiedenen Banken hat, weiß ich noch nicht. Es sind Banken in Singapur, auf den Jungferninseln, auf den Caymans. Der Schweiz hat er nicht mehr getraut."

„Du weißt, dass du dann sehr reich bist?"

Karl zuckte mit den Schultern. „Nein. Dieses Geld will ich nicht behalten. Es bringt nur Unglück. Ich werde mir überlegen, was man Sinnvolles damit machen kann. Was ist schon Reichtum? Reichtum ist die Wärme nachts neben dir. Oder wenn ein verborgenes Fresko in neuem Glanz erstrahlt. Oder wenn wir eine schöne Tour haben. Es ist nämlich besser, wenn wir jetzt erst einmal verschwinden. Der Vater war in frische Transaktionen verwickelt mit einem Scheich und einem Staatssekretär. Man weiß ja nie, was die Herren anstellen, wenn man hinter ihre Geschäfte kommt."

Rüdiger Schneider, Jahrgang 1947, nach der Promotion in Germanistik Unterricht am Gymnasium und als Dozent an einer Universität in Bangkok; während dieser Zeit Motorradtouren durch verschiedene Länder Südostasiens, Reisereportagen. Förderpreis zum Literaturpreis Ruhrgebiet.

Romane: ‚Pandoras Schatten', ‚Das Nausikaa-Fragment', ‚Loreley'. Gemeinsam mit Rainer Küster: ‚Der Kreis des Kopernikus', ‚Drachentod' und ‚Wolfszorn'.

‚Taxi nach Santiago', ‚Barqueros Geheimnis', ‚Crazy Crissy', ‚Crazy Doc'

Erzählband ‚Siamesische Nächte'
Essayband ‚Ein Vagabund auf dem Jakobsweg'
Essaybändchen ‚Indianer hatten kein Smartphone'

Weiter zahlreiche Bücher zum Jakobsweg und zu anderen Pilgerstrecken. Zuletzt: (2014-2016): ‚Via Hildegardis – Der Hildegard von Bingen-Weg', ‚Entlang des Glan' und ‚Dreimal Pilgerkrönung – Ein rheinischer Jakobsweg'.

Website des Autors: www.ruediger-schneider.net

Rüdiger Schneider

Crazy Doc

Roman

Es geht turbulent zu in der Mondmannschen Anstalt auf
dem Bonner Venusberg. Eine illustre Gesellschaft hat sich
dort versammelt. Wo ist das wahre Irrenhaus? Dort oder
draußen in einer aus den Fugen geratenen Welt? Ein
Schelmenroman mit zeitkritischem Hintergrund!

‚Crazy Doc', Roman, 220 S., ISBN 978-3-7392-1550-1,
9.90 €